Deseo

Emparejada con un millonario

Kat Cantrell

HARLEQUIN™

Editado por Harlequin Ibérica.
Una división de HarperCollins Ibérica, S.A.
Núñez de Balboa, 56
28001 Madrid

I.S.B.N.: 978-84-687-7621-7
Depósito legal: M-2588-2016
Impresión en CPI (Barcelona)
Fecha impresion para Argentina: 24.10.16
Distribuidor exclusivo para España: LOGISTA
Distribuidores para México: CODIPLYRSA y Despacho Flores
Distribuidores para Argentina: Interior, DGP, S.A. Alvarado 2118.
Cap. Fed./Buenos Aires y Gran Buenos Aires, VACCARO HNOS.

Capítulo Uno

A Leo Reynolds le encantaría poder casarse con su secretaria. Así, su vida sería mucho más sencilla. Desgraciadamente, ella ya estaba casada y prácticamente le doblaba la edad. Además, las mujeres no solían permanecer mucho tiempo a su lado cuando descubrían que trabajaba más de cien horas a la semana. La soledad era el precio que había tenido que pagar por catapultar Reynolds Capital Management a la fama.

—Es usted mi salvación, señora Gordon –le dijo Leo con una sonrisa de agradecimiento mientras se reclinaba en la silla.

Su ordenador personal se negaba a hablar con la impresora y, en medio de aquella disputa, se había quedado atascado un documento de capital importancia. La copia firmada que por fin tenía en la mano debía enviarse a Garrett Engineering, una empresa que estaba al otro lado de Dallas, en menos de treinta minutos.

—Yo no diría que imprimir una propuesta sea salvar su vida, señor Reynolds –repuso la señora Gordon mientras miraba el reloj deliberadamente–. Es muy tarde y, además, es viernes. Lleve a Jenna a ese nuevo restaurante que hay en Victoria

Park y deje que yo me ocupe de entregar la propuesta. Relájese por una vez. Le vendrá bien.

El remordimiento y la pena se reflejaron en el rostro de Leo, pero no tardaron en desvanecerse.

–Jenna y yo hemos terminado. Ella ya está saliendo con otro.

Leo esperaba que aquella nueva relación la hiciera feliz. Jenna se merecía a un hombre que pudiera colmarla de atenciones y de afecto. Lamentaba no haber podido darle lo que ella quería, pero habría sido muy injusto dejar que Jenna siguiera esperando que Leo pudiera convertirse alguna en vez en un hombre capaz de centrarse en una relación. Como resultado, había perdido a una gran compañera.

–¿Y ahora a quién va a llevar usted a la ceremonia del museo? –le preguntó la señora Gordon cruzándose de brazos y mirando a Leo con cierta desaprobación.

Leo suspiró. Se había olvidado de aquel evento. El nuevo museo infantil en el distrito de las Artes de Dallas llevaba su nombre dado que él había donado todo el dinero para construirlo.

–Usted está libre el próximo sábado, ¿verdad?

La señora Gordon lanzó una carcajada como si Leo le hubiera contado una broma.

–Uno de estos días, cuando usted me invite a salir, voy a aceptar y de verdad le voy a poner las cosas difíciles –comentó ella riendo–. Si Jenna ya no está disponible, encuentre a otra mujer. No parece que esa tarea le resulte difícil.

Efectivamente, a Leo no le faltaban las mujeres que quisieran salir con él o, al menos, que pensaran que así lo querían hasta que se daban cuenta del poco tiempo y atención que podía dedicarles. Nunca se tardaba demasiado en alcanzar aquel punto.

Le invadió un ligero sentimiento de vacío, un sentimiento que experimentaba cada vez más frecuentemente en los últimos tiempos. Lo había achacado a su deseo constante de alcanzar el éxito, pero, al ocurrir durante una conversación sobre su vida personal, ya no estaba tan seguro.

—Odio las citas.

Y todo lo que ellas conllevaban. Ese periodo de conocer a la persona requería una energía y un tiempo del que él no podía prescindir. Reynolds Capital Management siempre era lo primero.

—Porque no lo hace con frecuencia.

Otra vez. El tema favorito de la señora Gordon. Jamás se cansaba de recriminarle la falta de una mujer en su vida.

—¿Ha estado usted hablando otra vez con mi madre?

—Salimos a almorzar el martes. Me ha pedido que le salude de su parte.

Pronunció aquellas últimas palabras con un retintín y una expresión facial que dejó muy clara su intención. Leo lo comprendió enseguida. Debería llamar a su madre. Y salir con mujeres.

El problema era que no solo odiaba salir, sino también concertar citas y desilusionar a mujeres que se merecían algo mejor. Sin embargo, le gustaba la compañía y, bueno, era un hombre. El sexo también le atraía. ¿Por qué no podía encontrar a la mujer perfecta en un abrir y cerrar de ojos para poder concentrarse en su trabajo?

–Es tarde –dijo Leo en un intento desesperado por cambiar de tema–. ¿Por qué no se marcha usted a casa y le llevo yo la propuesta a Garrett?

Tenía hasta las cinco en punto para poder expresarle a Garrett Engineering su interés por trabajar con ellos. Tommy Garrett era para los motores de combustión interna lo que Steve Jobs para los teléfonos móviles. O lo sería, tan pronto como tuviera fondos. Garrett había inventado una modificación revolucionaria para aumentar los kilómetros recorridos por cada litro de gasolina de un vehículo corriente. Leo tenía la intención de ser la empresa que Garrett eligiera para financiar su proyecto. La asociación de ambas empresas garantizaría buenos beneficios para ambos a la larga, y Leo haría lo que mejor se le daba: tirar de los hilos.

Si conseguía firmar el acuerdo.

No descansaría hasta que su empresa alcanzara seguridad. No la había conseguido con su primer millón, ni tampoco la primera vez que alcanzó las ocho cifras porque sus beneficios iban directamente de nuevo a la inversión, una inversión que no conseguiría reportarle beneficios hasta mucho más adelante. Por lo tanto, no descansaba.

–Dado que ha asustado usted a otra mujer más con su obstinada determinación por morir joven a causa del exceso de trabajo, se lo agradezco –respondió la señora Gordon–. Le llené el depósito de gasolina de su coche esta mañana. No le vendría mal mirar la agujita que marca lo que le queda de gasolina de vez en cuando.

–Gracias. Es usted demasiado buena para mí. Por cierto, estaba pensando organizar una cena en mi casa en honor de Tommy Garrett. Si se lo pido muy amablemente, ¿se ocuparía usted?

–No forma parte de mi trabajo ejercer de esposa –repuso la señora Gordon muy seria.

Leo se echó a reír y dijo:

–Por supuesto que no. No es parte de las responsabilidades de su trabajo.

La secretaria apagó su ordenador y sacó el bolso del cajón.

–Pues debería ser el trabajo de alguien.

–¿A qué se refiere? ¿Algo así como una organizadora de eventos?

Tal vez debería contratar a alguien para ese tipo de eventos, aunque no cubriera todas sus obligaciones sociales. Era mejor que nada.

–Algo así como una novia. O alguien que pudiera querer seguir a su lado dentro de seis semanas. Contrate a una esposa –afirmó la señora Gordon–. Necesita una buena mujer que se ocupe de usted fuera de la oficina. Y pídale que se ocupe de controlar la agujita del combustible. Ella podrá engatusar a ese Garrett y asegurarse de que su vida funciona mejor. Y también de darle calor por las noches.

La señora Gordon frunció el ceño, pero Leo casi no se dio ni cuenta.

Contratar una esposa ¿Se podía hacer algo así? Parecía una solución demasiado perfecta.

No tenía tiempo, ni deseos, de empezar a examinar mujeres hasta que encontrara a una que le gustara y que no esperara que él estuviera siempre disponible.

Necesitaba una esposa que no se desilusionara cuando se diera cuenta de su entrega al cien por cien a la empresa y que no tenía tiempo para ella.

Todo o nada. Cuando se comprometía a algo, se entregaba en cuerpo y alma. Había averiguado que ese rasgo lo había heredado y trataba de no cometer los mismos errores que su padre.

Lo supo cuando conoció a Carmen, quien le enseñó las verdaderas profundidades de sus debilidades y lo fácilmente que una obsesión podía convertirse en el centro de su existencia. Se esforzó en dejar todo a un lado menos su objetivo hasta que se convirtió en algo intrínseco para él.

El amor o el éxito. Su personalidad no permitía las dos cosas. Después de haber conseguido salir del barrio marginal en el que había vivido, se negaba a poner en peligro su futuro.

Si tuviera una esposa comprensiva, su trabajo y su vida personal permanecerían completamente separados. Lo mejor de todo sería que él no tendría que empezar con lo de las citas con una nueva mujer ni experimentar el doloroso sentimiento de culpabilidad al tener que cancelar una de ellas.

Se puso la americana y fue a entregar en mano la propuesta a la secretaria de Garrett en la pequeña oficina que tenían en el centro de la ciudad. No lo sería durante mucho tiempo más. Todos los inversores estaban deseando trabajar con la nueva tecnología de Garrett. Cuando la empresa consiguiera la financiación que necesitaba, su valor alcanzaría niveles nunca vistos hasta entonces.

Por supuesto, tendría que conseguir firmar el trato con Tommy Garrett, y una cena sería una oportunidad fantástica para reafirmar todas sus posibilidades. Una esposa se ocuparía de toda la logística y dejaría que Leo se centrara completamente en explicarle a Garrett lo que Reynolds Capital podía hacer por él. La oferta que le había hecho a Garrett tenía unas cuantas semanas de validez, por lo que disponía de poco tiempo para encontrar una esposa.

Cuando regresó a su despacho, se sentó frente a su ordenador. Al cabo de quince minutos, Google le proporcionó una posible respuesta.

Observó atentamente el logotipo de EA International. El sitio web parecía ser bastante profesional, y resultaba atractivo y de buen gusto. Lo más importante era que parecía destinado a clientes exclusivos, prometían discreción y garantizaban la devolución del dinero. Tantas garantías y promesas tranquilizaron a Leo.

Su lema era «Permite que te ayudemos a encontrar tu media naranja».

Era genial. Aquella empresa se ocuparía de

todo lo necesario para que Leo pudiera encontrar una esposa a la que jamás pudiera desilusionar. Lo único que tenía que hacer era realizar una llamada telefónica.

Después, con ese tema solucionado, podría volver a concentrarse en su trabajo.

Daniella White llevaba soñando con su boda desde que era una niña. En sus sueños, un apuesto novio la esperaría junto al altar con una tierna sonrisa en los labios. Después de la ceremonia, los dos se marcharían a una romántica luna de miel, que celebrarían en un lugar exótico y espectacular. Su matrimonio rebosaría pasión y amor eterno.

Dannie jamás se habría imaginado que, cuando llegó por fin el día de su boda, esta se celebraría con un novio al que no había visto nunca. Al cabo de unos pocos minutos, se iba a casar con Leo Reynolds en el salón de la persona que los había unido como pareja, con tan solo unos·pocos invitados.

–¿Qué te parece, mamá? –le preguntó Dannie a su madre a través del espejo mientras se estiraba la manga del vestido.

A Dannie le gustaban todos los vestidos, pero aquel era demasiado sencillo. Habría querido que le encantara, pero no era así. Sin embargo, como siempre, trataría de ser positiva.

El sofisticado programa de EA International la había unido con un empresario llamado Leo Reynolds. Él esperaba una esposa con cierto refinamiento, que representara su papel y lo viviera. Dannie llevaba un mes bajo la intensiva tutela de su instructora para convertirse exactamente en lo que aquel hombre buscaba.

La madre de Dannie tosió ruidosamente.

–Estás muy hermosa, cariño –le dijo cuando se hubo recuperado–. La viva imagen de la esposa perfecta. Me enorgullece tanto lo que has conseguido…

«Sí, es muy difícil poner el nombre en una base de datos», pensó Dannie.

Alguien llamó a la puerta, lo que sobresaltó a Dannie. Se trataba de Elise Arundel, el hada madrina-instructora. Entró en la habitación con una radiante sonrisa.

–Oh, Dannie… Estás preciosa.

Dannie sonrió recatadamente. Necesitaba practicar mucho para ser recatada.

–Gracias a ti.

–Yo no elegí ese vestido –dijo Elise–. Lo elegiste tú. Es perfecto para tu esbelta figura. Nunca había tenido a nadie que apreciara el estilo y el corte con un talento tan natural.

–Eso compensa lo de no tener ni idea de cosméticos –comentó Dannie frunciendo el ceño.

¿Había sonado demasiado descarada o poco agradecida? Ese era el problema con lo de cambiar la personalidad para convertirse en una esposa de sociedad. Nada resultaba natural.

La mirada crítica de Elise recorrió el rostro de Dannie y descartó rápidamente aquel comentario con un movimiento de mano.

–Estás impecable. Leo se quedará sin palabras.

El pulso volvió a acelerársele. ¿Le gustaría a Leo su sofisticado recogido? ¿Su postura? ¿Le gustaría aquella mujer asustada con el vestido color crudo? ¿Y si no le gustaban las morenas?

Se estaba comportando de un modo ridículo. Por supuesto, él había visto su fotografía igual que ella había visto la de su futuro marido. Habían hablado por teléfono en dos ocasiones. Las conversaciones habían sido agradables y habían girado en torno a varios temas maritales importantes. Dejarían que el lado íntimo de su relación se desarrollara con el tiempo. Aquella aclaración había dejado todo bien rematado, dado que él había afirmado que no estaba comprando un «intercambio de servicios» y que estaba abierto a tener hijos en el futuro.

Ninguno de los dos iba engañado en cuando al propósito de aquel matrimonio. Se trataba tan solo de un medio para conseguir un fin.

Entonces, ¿por qué se sentía tan nerviosa sobre lo que, en realidad, era un matrimonio concertado?

Su madre le acarició el cabello.

–Muy pronto serás la señora de Leo Reynolds y todos tus sueños se harán realidad. Durante el resto de tu vida, tendrás la seguridad y la compañía de las que yo nunca he disfrutado.

Su madre volvió a toser. Una fibrosis pulmonar la estaba matando. Dannie se casaba con Leo para salvarla.

Su madre tenía razón. Dannie siempre había soñado con convertirse en esposa y madre y por fin tenía la oportunidad. Un matrimonio basado en la compatibilidad les proporcionaría seguridad a ella y a su madre. No tenía ningún derecho a estar triste por el hecho de que aquella seguridad no estuviera basada en el amor.

Tal vez el amor surgiría con el tiempo, al igual que la intimidad. Se aferraba a esa esperanza.

Con una emocionada sonrisa, Elise abrió un poco más la puerta.

—Leo te está esperando frente a la chimenea. Aquí tienes el ramo. Sencillo y con gusto, con orquídeas y rosas. Tal y como tú pediste.

El ramo de flores estuvo a punto de arrancar las lágrimas de los ojos de Dannie.

—Es muy bonito. Todo es muy bonito. Jamás podré darte las gracias lo suficiente.

Aún no se podía creer que Elise la hubiera elegido a ella para el programa de selección de parejas de EA International. Cuando presentó la solicitud, le había parecido algo muy improbable, pero no tenía elección. Su madre necesitaba un tratamiento muy caro, que ninguna de las dos podían pagar. Su padre las abandonó antes de que ella naciera, siempre habían estado solas.

Después de que la despidieran del tercer trabajo seguido, su situación se hizo desesperada. Buscó en vano un trabajo que pudiera realizar desde casa o uno que tuviera un horario flexible. Después de pasarse horas en el ordenador de la biblioteca, estaba a punto de rendirse cuando le llamó la atención un anuncio de EA International.

¿Has soñado alguna vez con una profesión diferente? La frase iba acompañada del anuncio de una novia. ¿Cómo no le iba a llamar la atención?

EA International invitaba a mujeres con buenas habilidades para la administración, con deseos de mejorar y la capacidad para convertirse en una mujer a la sombra de un hombre a solicitar un innovador programa de preparación.

Como no tenía nada que perder, Dannie envió sus datos. Jamás esperó recibir la llamada.

Elise la pulió hasta que brilló y luego la emparejó con un hombre que necesitaba una elegante esposa de sociedad. A cambio de organizar la casa y los eventos sociales de Leo, Dannie podría ocuparse de su madre sin más preocupaciones económicas.

Un matrimonio que no era más que un contrato parecía un precio muy pequeño para conseguir lo que tanto ansiaba.

–Eres una de mis alumnas más aventajadas –le dijo Elise mientras le ayudaba a sujetar el ramo–. Estoy segura de que serás una de mis uniones más exitosas. Leo y tú estáis hecho el uno para el otro.

Dannie sintió que se le hacía un nudo en el estómago. Quería que él le gustara. Disfrutar estando casada con él. ¿Se sentiría atraída por él? ¿Y si no era así? ¿Y si no ocurría nunca el lado más íntimo del matrimonio?

Ya no importaba. La atracción no era un factor

importante, pero estaba segura de que los dos terminarían sintiendo un gran afecto el uno por el otro.

Se acercó el ramo al rostro y aspiró el aroma de las dulces flores.

–Tenemos objetivos comunes y los dos reconocemos el lado práctico de esta unión. Espero que seamos muy felices juntos.

Leo tenía mucho dinero. A ella le habría bastado con mucho menos. Aquel nivel de riqueza la intimidaba, pero Elise había insistido en que podría asimilarlo. Después de todo, Dannie ocuparía un lugar muy importante en la vida de Leo y podría terminar siendo la madre de sus hijos.

–Te aseguro que serás feliz –le dijo Elise–. Mi programa de ordenador jamás se equivoca.

–Es la mejor unión –apostilló la madre de Dannie–. La que durará para siempre porque se basa en la compatibilidad y no en los sentimientos. Es todo lo que Dannie busca en el matrimonio.

Dannie se obligó a asentir, aunque deseaba poder mostrar su desacuerdo. Sin poder evitarlo, pensó en Rob. Había estado tan locamente enamorada de él…

¿Y de qué le había servido? Había terminado con el corazón roto y ella se había encargado de fastidiar aquella relación.

No iba a hacerlo con esta. Su madre no se lo podía permitir.

–Sí –afirmó–. Seguridad y compañerismo. ¿Qué más podría yo pedir?

Los cuentos de hadas eran historias en las que los problemas se solucionan de un modo mágico y que estaban repletas de gente que se enamora, pero cuyas relaciones no podrían soportar la prueba del tiempo. En la vida real, las mujeres tenían que hacer sacrificios, y eso era precisamente lo que estaba haciendo Dannie.

Conteniendo la melancolía y los pensamientos menos sensatos, salió por la puerta y fue a la búsqueda de su destino rezando para que, al menos, Leo y ella pudieran tenerse aprecio. Si había más, sería un agradable añadido.

Su madre y Elise la siguieron. Dannie se detuvo en lo alto de la escalera y miró hacia abajo. Elise había colocado centros de flores sobre la chimenea y a ambos lados de esta. Dannie agradeció la consideración de la mujer que se había terminado por convertir en su amiga. Al otro lado del salón había un fotógrafo preparado para inmortalizar el momento. El pastor que Elise había recomendado estaba de pie junto a la chimenea.

A la derecha del pastor estaba Leo Reynolds. Su futuro esposo.

Él levantó la mirada y la cruzó con la de ella.

Una sensación repentina le recorrió a Dannie todo el cuerpo. Era igual que en la fotografía, pero en persona… El cabello moreno le acariciaba suavemente el cuello de un traje de diseño muy caro, que cubría un cuerpo muy masculino. Resultaba evidente que Leo estaba en forma. Unos rasgos clásicos formaban un rostro lo suficientemente atractivo como para aparecer en una portada de la revista *GQ*. Se parecía más a Ashley que a Rhett, lo que resultaba muy conveniente dado que ella se había desecho de su Scarlett O'Hara interior para enviarla a un lugar muy lejano.

Leo tenía también un aspecto amable, como si no fuera a dudar ni un solo instante en llevarle la compra a una ancianita hasta el coche. Dannie sonrió.

Una vez más, se preguntó por qué él había recurrido a EA International. Era un hombre guapo, rico y educado. Sin duda alguna, las mujeres dispuestas a casarse con él serían muchas.

Sin dejar de mirarlo, bajó por la escalera. No tardó en llegar al lugar donde él la esperaba.

Los dos se observaron atentamente. ¿Qué se le decía a un hombre con el que una estaba a punto de casarse pero a quien veía por primera vez en persona?

Al pensar en las diferentes posibilidades, estuvo a punto de soltar la carcajada. No resultaba un buen comienzo.

–Hola –dijo. Aquello era mucho más seguro.

–Hola –contestó Leo. Entonces, él sonrió, lo que le provocó una extraña sensación en el pecho a Dannie.

De cerca, era un hombre sólido y poderoso. El cosquilleo que le provocó aquel pensamiento fue más cálido y descendió más bajo que el anterior. En teoría, sabía que Leo suponía seguridad para ella, pero la realidad resultaba mucho más… verdadera. Y la afectaba aún más profundamente.

Se colocaron frente a frente.

–Empecemos –dijo el pastor mientras levantaba la Biblia.

Las palabras fluían de la boca del pastor y sonaban completamente diferentes de lo que ella habría imaginado. En la salud y en la enfermedad. En la riqueza y en la pobreza. Nada de eso se aplicaba a ellos del mismo modo en el que lo hacía para la mayoría de las parejas. Esos votos ayudaban a recordar las razones por las que una persona se enamoraba cuando el matrimonio se ponía difícil.

De reojo, trató de mirar a Leo para ver cómo estaba reaccionando él. De repente, deseó haber hablado más con él para que pudiera saber mejor lo que él estaría pensando.

Elise jamás habría permitido que ella se casara con alguien horrible. El proceso de selección era diligente e impecable. En su caso, los dos habían coincidido en los cuarenta y siete punto del perfil de personalidad.

–¿Aceptas a Leo como tu esposo? –le preguntó el pastor.

Dannie se aclaró la garganta.

–Sí, acepto.

Con mano temblorosa, le deslizó una alianza de platino en el dedo. O al menos lo intentó. No pudo hacerlo pasar por el nudillo. Cuando él cubrió la mano de Dannie con la suya para ayudarla, lo miró y se fijo en los ojos azules.

Volvió a sentir lo mismo que en la escalera, pero en aquella ocasión fue más profundo, como si estuviera viendo a alguien que conocía pero que no sabía de qué.

Decidió que tan solo eran los nervios.

Leo repitió lo mismo.

–Sí, acepto –dijo con voz fuerte y reposada. No estaba nervioso. ¿Y por qué iba a estarlo?

Él le colocó la alianza, idéntica a la suya. Dannie la observó atentamente, sorprendida por el peso de un anillo tan sencillo.

El divorcio no era una opción.

Tanto Leo como ella habían indicado una profunda creencia a honrar el compromiso, había sido lo primero de lo que habían hablado en su conversación telefónica. Leo representaba la seguridad para ella. A cambio de esa seguridad, Dannie sería la esposa que él necesitaba.

Aquel matrimonio era una solución permanente a sus problemas, no una unión por amor. Perfecto para ella. Leo jamás la dejaría del modo en el que su padre lo había hecho y jamás tendría que preocuparse por el hecho de que él dejara de amarla si ella lo fastidiaba todo.

El pastor indicó que la breve ceremonia había terminado del modo más tradicional.

–Ahora, puedes besar a la novia.

¿Por qué había tenido que pedir aquella parte? Iba a resultar tan raro… Sin embargo, era su boda. ¿Acaso no debería besarla su esposo? Un beso para sellar el trato.

Leo se volvió para mirarle con una expresión inescrutable. A medida que los labios de él descendían, ella iba cerrando los ojos. Por fin, las bocas se tocaron.

Entonces, un tifón de sensaciones estalló en el abdomen de ella. La posibilidad de disfrutar de mucho más que afecto entre ellos no era tan remota como había pensado...

Él se apartó de ella y dio un paso atrás. ¿No lo había sentido él? Evidentemente, no.

Su madre y Elise comenzaron a aplaudir y se acercaron a ellos para darles la enhorabuena. Dannie tragó saliva. ¿Qué había esperado? ¿Que Leo se transformara mágicamente en su príncipe azul? El programa informático de Elise le había encontrado el marido perfecto, el que cuidaría de su madre y de ella y las trataría bien. Debería estar contenta. No debería estar pensando en cómo podría besarla si se hubieran conocido en circunstancias diferentes.

No debería pensarlo, pero no podía evitarlo. ¿Qué aspecto tendrían aquellos ojos azules cuando ardieran de pasión?

Capítulo Dos

Daniella estaba junto a la puerta con las manos entrelazadas y la cabeza baja. La esposa de Leo era refinada y discreta, exactamente como él había especificado. Lo que no había esperado era que la fotografía de ella mintiera. Y era una mentira monstruosa, de proporciones épicas.

No era la chica mona que él había pensado. La mujer con la que se había casado irradiaba sensualidad, como si su espíritu estuviera contenido bajo una barrera de piel que apenas lograba contenerlo. Si aquella barrera se resquebrajaba algún día, tendría que tener cuidado.

No era solo bella. En persona, Daniella desafiaba toda descripción. Incluso su nombre resultaba exótico y poco frecuente. No podía dejar de mirarla ni de pensar en el breve beso que él había tenido que interrumpir porque le había parecido sentir el inicio de algo que tardaría mucho en finalizar. Su cuerpo vibraba como respuesta a la energía que él deseaba tan desesperadamente poder explorar.

¿Qué iba a hacer con una mujer así?

–Estoy preparada para marcharme cuando tú lo estés, Leo –le dijo ella con voz suave en el vestíbulo de la casa de la señora Arundel.

Iba a llevársela a su casa. Estaban casados. Daniella White era la mujer perfecta para ser su esposa.

Desgraciadamente, parecía que la historia de Carmen estaba a punto de volver a repetirse, pero peor aún, porque él ya no era un adolescente enamorado y Daniella era su esposa. Ninguna mujer tenía el derecho de ponerlo en el mismo sendero de catástrofe que a su padre, sobre todo cuando Leo sabía lo difícil que era reconducirse.

Su matrimonio debía basarse en la compatibilidad y en la conveniencia, no en la locura. Por eso, decidió que era importante empezar bien desde el principio.

–¿Tiene el chófer todas tus pertenencias? –le preguntó.

Ella asintió.

–Sí, gracias.

–¿Te has despedido de todo el mundo?

–Sí. Estoy preparada.

La conversación resultaba casi dolorosa. Como cuando estaba en una de sus citas. Desgraciadamente, se había saltado las citas y estaban casados.

Esperó a que estuvieran sentados en el coche para volver a hablar. Ella cruzó las largas piernas y las colocó elegantemente, deslizándolas la una contra la otra, con los talones a un lado. Leo no podía dejar de observarla.

Antes de que empezara a babear, apartó la mirada de las piernas.

–Si no te importa, me encantaría invitar a mis padres esta noche a casa para que te conozcan.

–Estaré encantada de conocerlos –dijo ella entrelazando las manos y colocándolas serenamente sobre el regazo–. Podrías haberlos invitado a la ceremonia. Recuerdo haber leído en tu perfil lo importante que la familia es para ti.

Leo se encogió de hombros. No comprendía por qué le agradaba tanto que ella recordara aquel detalle.

–No están muy contentos con este matrimonio. Mi madre habría preferido que yo me casara con alguien de quien estuviera enamorado.

–Lo siento –susurró ella–. Tienes que vivir tu vida de acuerdo con lo que tiene sentido para ti, no para tu madre.

Todo en ella era adecuado y elegante. Su manera de hablar, sus gestos. La clase y el estilo la distanciaban de las masas. Resultaba difícil creer que ella proviniera del mismo tipo de barrio pobre y humilde que él. Tenía fuerza y compasión y Leo admiraba la dedicación que ella mostraba hacia su madre. Además, poseía una atractiva sensualidad que le impedía apartar los ojos de ella. Sin embargo, seguramente se debía a que todo era nuevo. Al día siguiente, la tensión habría desaparecido.

Se relajó. Un poco.

Aquel matrimonio iba a funcionar y le permitiría centrarse en su empresa sin sentir culpabilidad alguna mientras su esposa se ocupaba de las cosas de esposas sin necesitar su atención. Había pagado a la señora Arundel una buena cantidad para asegurarse de que así era.

–Daniella, sé que apenas nos conocemos, pero me gustaría que eso cambiara. Lo primero que quiero que sepas es que puedes hablar libremente conmigo, contarme si necesitas algo o si tienes problemas. Lo que sea.

–Gracias. Es muy amable de tu parte.

–Como te dije por teléfono, tengo muchas obligaciones sociales. Quiero que tú te ocupes de ellas, pero puedes acudir a mí si necesitas ayuda o tienes alguna pregunta.

–Sí, lo comprendo –repuso ella. Empezó a decir algo, pero pareció cambiar de opinión, como si tuviera miedo de decir demasiado. Probablemente se sentía nerviosa e insegura.

–Daniella, estamos casados –continuó él. Ella lo miraba con ojos brillantes, con una cierta vulnerabilidad. Eso estuvo a punto de desatarlo–. Quiero que confíes en mí. Que te sientas relajada conmigo.

–Así es como me siento –dijo ella–. Eres todo lo que yo esperaba. Estoy muy contenta con la elección de Elise.

Se apretaba con fuerza las manos, tanto que los nudillos se le habían puesto blancos.

–Yo también estoy contento, pero ahora tenemos que vivir juntos y hacer que nos sintamos cómodos. Puedes hablar conmigo de lo que quieras. Finanzas, religión, política…

Sexo.

No debería haber pensado en eso, pero lo había hecho. Vivas imágenes mentales sobre cómo serían aquellas piernas bajo la recatada falda. Ella lo miró fijamente. Una chispa saltó entre ellos y una vez más, Leo sintió la energía que irradiaba de ella. Su cuerpo parecía tan dispuesto a recibirlo…

«Basta ya», se ordenó. Daniella y él tenían un acuerdo racional y civilizado que no incluía deslizarle una mano por el muslo. Apretó los dedos y se metió la mano bajo la pierna.

Ella bajó la mirada y se movió ligeramente. Parecía inquieta.

–Gracias. Te lo agradezco.

Aquella mirada parecía haberla disgustado, Leo se aclaró la garganta para volver a hablar.

–¿Te sigue pareciendo bien que dejemos que el lado íntimo de nuestra relación se desarrolle con naturalidad?

Ella abrió los ojos de par en par.

Leo lanzó un suspiro. ¡Qué manera tan fantástica tenía de tranquilizarla!

–Sí –respondió ella mirándolo a los ojos–. ¿Por qué no iba a estarlo?

–Quería asegurarme de que estábamos en la misma onda.

–Lo estamos. Nuestro matrimonio será una relación de compañerismo con una progresión hacia la intimidad cuando nos parezca apropiado –dijo ella con una voz ligeramente temblorosa y un brillo en los ojos que Leo no supo interpretar–. Tal y como hablamos.

Sus palabras exactas. De repente, Leo deseó poder borrarlo todo. Deseó poder poner un brillo de felicidad en aquellos ojos castaños en vez de la mirada que tenían en aquellos momentos. El sentimiento de inquietud que tenía le preocupaba, porque no tenía ni idea de lo que hacer al respecto.

–Por el momento, tendremos dormitorios separados. Nos tomaremos las cosas con calma.

Los dormitorios separados servirían para poner distancia entre ellos y aliviar la tensión. Así los dos tendrían tiempo de aclimatarse. La química podría enfriarse y él podría centrarse de nuevo en lo importante.

Después, se dejarían llevar por lo que Leo había imaginado: un matrimonio en el que los dos tuvieran una vida separada de la que llevaba el otro, pero en el que a la vez disfrutaran de una agradable relación tanto en el dormitorio como fuera. Un hombre con su intensa personalidad no podía tener otra clase de matrimonio.

Le sonó el teléfono.

Se trataba de un correo electrónico del equipo de Tommy Garrett en el que se le comunicaba que el contrato estaba ya solo entre dos candidatos: la empresa de Leo y otra llamada Moreno Partners. Excelente. El momento no podía ser mejor. Su flamante esposa podría organizar una cena para Garrett tan pronto como se hubiera instalado.

–¿Tienes que realizar una llamada? –le preguntó Daniella–. No me importa. Finge que no estoy presente.

–Gracias, pero ha sido tan solo un correo. No hace falta responder.

Decidió que debía cambiar de estrategia. Pensar en ella como en una empleada más podría ayudarle a quitarse la necesidad de pasar el fin de semana con ella en la cama.

Si lograba que Daniella encajara en una carpeta determinada, ella se colaría en su vida sin causar mucho revuelo. Aquello era exactamente lo que él deseaba.

Su atención seguía centrada exclusivamente en Reynolds Capital Management.

Dannie mantuvo la boca cerrada durante el resto del trayecto hacia su nueva vida. Una vida en la que no compartiría dormitorio con su esposo. Se sentía aliviada y confusa a la vez. Leo no podría haber sido más claro sobre la falta de interés que tenía en ella.

Qué pena. Su esposo poseía un atractivo inalcanzable para ella, como el de las estrellas de cine. Miró de reojo al inescrutable hombre con el que se había casado y sintió que la sangre se le helaba. ¿Y si Leo decidía que, después de todo, ella no le gustaba? Solo porque había afirmado tener un fuerte sentido del compromiso no significaba que tolerara las meteduras de pata. Y las meteduras de pata eran precisamente su especialidad.

Su madre contaba con ella. Si Leo se divorciaba, no tendría nada. Una de las primeras cosas que él había hecho tras saber que Dannie había aceptado su propuesta había sido contratar a una cuidadora a tiempo completo que se estaba especializada además en rehabilitación pulmonar. La enfermera iba a empezar aquel mismo día.

Sin Leo, su madre moriría lenta y dolorosamente. Dannie se vería obligada a verla morir sin poder hacer nada.

Se clavó las uñas en las palmas de las manos y estuvo a punto de gritar. Se había olvidado que tenía las uñas largas. Algo más a lo que acostumbrarse junto con todo lo demás que Elise le había hecho para transformarla en la esposa perfecta para Leo. Conocimientos de organización y de conversación eran naturales en ella, pero había tenido que pulirlos y eso le había costado. Tenía que recordar que su trabajo era convertirse en el apoyo a la sombra de un hombre de éxito. No podía dejarse llevar por la pasión hacia su esposo.

–Ya hemos llegado –anunció Leo.

Dannie miró por la ventana y trató de no quedarse boquiabierta. La casa entera de Leo prácticamente necesitaba su propio código postal. Por supuesto, ella sabía de antemano que la casa de Leo era grande y que estaba en Preston Hollow, uno de los barrios más elitistas de Dallas, pero jamás se hubiera imaginado lo que sus ojos estaban viendo en aquellos momentos.

Unas verjas de hierro forjado unían dos postes de ladrillo y piedra. La verja se abrió por arte de magia para franquearles la entrada. El coche avanzó por un sendero empedrado hasta la casa. Unos enormes árboles enmarcaban el sendero. La palabra jardín se quedaba pequeña para lo que vio. Una amplia extensión de césped se extendía a ambos lados del sendero hasta alcanzar los altos muros de la casa de Leo.

Su casa. La casa de los dos.

El coche se detuvo en una especie de plazuela semicircular que había frente a la entrada de la imponente estructura de ladrillo y piedra. Cinco chimeneas parecían querer herir el cielo.

—¿Qué te parece? —le preguntó Leo. Dannie sintió que no podía responder a aquella pregunta sinceramente.

—Es muy… Muy bonita —consiguió decir por fin con una sonrisa—. Es preciosa, Leo. Estoy deseando conocerla por dentro.

—Pues deja que te la enseñe.

Los dos descendieron del coche. Él le colocó una mano en la espalda y la condujo hasta las escaleras que llevaban a la puerta principal.

—Quiero que consideres esta casa como tu hogar. Podemos hablar de todo lo que te apetezca cambiar.

Todo. Menos el matrimonio concertado.

No debería desear que Leo la tomara en brazos para entrar con ella así en la casa, al estilo de Rhett. Tampoco que compartieran un romance atemporal…

La palma de la mano en la espalda le daba seguridad, no pasión. Comunicaba un compañerismo basado en el afecto mutuo. Dannie era la esposa de Leo, pero no el amor de su vida. Ella no podía permitirse el lujo de soñar con ser algún día las dos cosas.

Leo la condujo al vestíbulo. El interior de la casa se presentó ante ella. Techos altos, enormes ventanales, grandiosos arcos que conducían a largos pasillos…

Tardaron casi treinta minutos en recorrer la casa. Cuando Leo dio por terminada la visita en la cocina, se apoyó sobre la isla de granito que había en el centro de la cocina y tomó un teléfono móvil que había sobre la encimera.

—Es para ti. Tienes el número escrito aquí, junto con los códigos del sistema de alarma y el del acceso a Internet.

Ella tomó el teléfono y observó la reluciente pantalla.

—Gracias. ¿Está escrito también el número de tu teléfono móvil?

—Te lo he grabado. Aquí tienes el manual de instrucciones —le dijo también. Entonces, se metió una mano en el bolsillo, como si fueran una pareja charlando normalmente en la cocina—. También tienes el de mi secretaria, la señora Gordon. Está deseando conocerte.

Leo tenía una secretaria que lo conocía mucho mejor que ella. Sabría cómo le gustaba el café, si caminaba por el despacho mientras hablaba por teléfono… De repente, se sintió perdida.

—Ah, muy bien. La llamaré muy pronto.

—El coche y el chófer están a tu disposición todo el tiempo que quieras, pero te ruego que no te demores mucho en ir a un concesionario para comprarte un coche propio. El que más te guste. Querrás disfrutar de esa independencia.

Un coche. El que ella quisiera. ¿Había algo en lo que él no hubiera pensado?

—Es muy amable de tu parte. Gracias.

Sin embargo, Leo no había terminado.

—Te he abierto una cuenta en el banco. Te ingresaré dinero con regularidad, pero si ves que te falta, dímelo. Gástalo como si fuera tu dinero y no el mío –añadió. Entonces, se sacó una reluciente tarjeta de crédito del bolsillo y se la entregó a ella–. No tiene límite.

—Leo… –dijo ella. Sentía que la cabeza le daba vueltas–. Es muy generoso por tu parte. Siento si es muy directo, pero te lo tengo que preguntar. ¿Por qué haces todo esto sin esperar nada a cambio?

Leo frunció el ceño como si se sintiera confuso.

—En realidad, espero bastante a cambio.

—Me refería en el dormitorio.

Leo se quedó inmóvil.

Sí, había sido demasiado directa, pero… ¿Una tarjeta de crédito sin límite y él ni siquiera quería una visita conyugal al mes? Había algo allí que ella no terminaba de comprender.

—Daniella…

Leo parecía haberse quedado sin palabras. ¿Por qué no había podido mantener cerrada la bocaza?

—Lo siento –se apresuró ella a decir–. Perdóname. Tan solo he recibido amabilidad por tu parte. No tengo derecho alguno a cuestionar tus motivos.

El rostro de Leo se relajó y extendió una mano.

–No tienes que disculparte. Quiero tener una buena relación contigo, donde sientas que somos iguales. El mejor modo de conseguirlo es que tengas tu propio dinero y poder gastarlo como quieras.

Ella lo miró fijamente. Poder. Leo le estaba entregando poder con aquellos gestos. El hombre con el que se había casado era considerado, generoso y tenía mucha sensibilidad. Aquella experiencia podría haber sido muy diferente. El pecho se le hinchió de gratitud.

–No sé qué decir.

–No tienes que decir nada –replicó él con una sonrisa–. Recuerda. Voy a estar mucho en el despacho. Deberías encontrarte un pasatiempo o algo que hacer para mantenerte ocupada. Un coche te vendrá muy bien.

Le estaba dando la posibilidad de entretenerse, cuando su único objetivo debería ser centrarse en él y en sus necesidades.

–¿Acaso no estaré bastante ocupada ya con tus obligaciones sociales?

–Eso no te ocupará el cien por cien de tu tiempo. Tienes que construirte una vida aquí, y cuando nuestros senderos se crucen, deberíamos disfrutar la compañía del otro. Tú podrás contarme todo lo que hayas estado haciendo.

–Tiene sentido.

–Me alegro.

La calidez que se le dibujó en los ojos le hizo

transformarse de una atractiva estrella de cine en algo más. A ella se le hizo un nudo en la garganta. Si eso era lo que le ocurría a los ojos de Leo cuando estaba contento, ¿qué pasaría cuando estuvieran nublados por el deseo?

Sacudió la cabeza. Leo le tomó la mano como si lo hubiera hecho mil veces.

–No quiero que te veas desilusionada por nuestro matrimonio. En el pasado, me ha resultado muy difícil mantener el equilibrio entre el trabajo y una relación porque las expectativas no estaban claras desde el principio. Las mujeres de mi círculo tienden a exigir una atención que no puedo darles, por lo que me agrada no tener que preocuparme de eso.

El tacto de la mano de Leo parecía extendérsele por todo el brazo. Aquella sensación la turbaba profundamente.

–¿Y no pudiste encontrar una mujer aparte de mí que estuviera dispuesta a perdonar tus ausencias a cambio de una vida de lujos?

Leo le había dicho en el coche que podían hablar de cualquier cosa.

–Claro, pero quería a la mujer adecuada.

De repente, la razón por la que Leo había recurrido a aquello resultó dolorosamente evidente. Había tratado de comprar el modo de evitar esforzarse en una relación y sus anteriores novias le habían mandado a paseo. Para evitar que se repitiera, se había comprado una esposa.

A ella.

No era de extrañar que hubiera insistido tanto en honrar sus compromisos. No quería que ella se echara atrás cuando se diera cuenta de que estaría sola en aquella casa tan grande.

–Entiendo...

–Daniella, ninguno de los dos tenemos ilusión por este matrimonio, y por eso va a funcionar perfectamente. Comprendo tu necesidad de sentirte segura y te la proporcionaré porque es algo que yo también comparto y que entiendo muy bien.

Dannie asintió y se excusó para ir a deshacer su maleta y, a la vez, tener un poco de tiempo para pensar. La seguridad era importante, y ella se había casado con un hombre bueno que jamás la abandonaría como había hecho su padre. Simplemente no había esperado que aquella seguridad se transformara en una inesperada calidez hacia su esposo. Un esposo que no estaría nunca a su lado.

Mientras subía las escaleras que conducían a su dormitorio, se dio cuenta de lo que él había querido comunicarle en silencio.

Leo la necesitaba a ella tanto como ella lo necesitaba a él.

Capítulo Tres

Aquella lencería de seda no estaba en la maleta de Dannie cuando ella la preparó.

La tocó suavemente y se fijó entonces en la nota.

«Para una apasionada noche de bodas. Elise».

Dannie levantó la delicada camisola. Unas copas de encaje negro cubrían unos triángulos de seda roja que se ataban alrededor del cuello al estilo halter. La seda roja caía del busto y permitía que se adivinara el tanga que llevaría debajo si se atreviera a ponerse algo tan descaradamente sexy para su esposo.

Aquella lencería era efectivamente el billete para una apasionada noche de bodas. Para alguna otra mujer, no para Daniella Reynolds. Ella se había casado con un adicto al trabajo.

Metió la lencería en la parte de atrás del cajón de su ropa de cama y suspiró. Se la pondría si su esposo pudiera apartar los ojos de sus contratos o si se sintiera atraído por ella. O si por lo menos compartieran el dormitorio.

¿Qué era exactamente lo que había esperado? ¿Que Leo la mirara y se enamorara perdidamente de ella?

Elise, la eterna optimista a pesar de saber perfectamente que Dannie y Leo se conocían por primera vez el día de su boda.

Cerró el cajón fuerza y se dirigió a la cama para terminar de colocar su escaso vestuario.

En la mesilla de noche había una tablet. Sospechaba que Leo ya le habría descargado cientos de libros, dado que en su perfil había dicho que le gustaba leer. Tenía también una televisión de cincuenta pulgadas, satélite, DVD, una cadena de música digna de un club nocturno y un moderno mando a distancia. Tenía todos los manuales sobre la cama. Leo no dejaba pasar detalle alguno.

Se preguntó dónde guardaba el manual para comprender a Leo Reynolds. Dannie lo leería con avidez de principio a fin. Tenía que haber más sobre Leo de lo que se veía a simple vista. Nadie se apartaba voluntariamente de la gente sin razón alguna.

Cuando terminó de colocar la ropa, se dio cuenta de que era bastante tarde. Los padres de Leo no tardarían en llegar. Llamó a su madre para ver cómo estaba con la enfermera y sonrió cuando le contó muy contenta lo bien que jugaba su enfermera al *gin rummy*. Parecía muy feliz.

Aliviada por la conversación, Dannie fue al cuarto de baño. Sobre el tocador había un inventario completo de todos los productos cosméticos posibles. Tardó unos minutos en organizarlos en los cajones. Tan solo el cuarto de baño era más grande que su apartamento entero.

Le llevó mucho tiempo decidir lo que se iba a

poner. Por fin, se decantó por una sencilla falda color lila y una camisa gris perla. Se puso un par de zapatos, se atusó el recogido y se retocó el maquillaje.

¿Quién era la mujer que veía en el espejo?

–Daniella Reynolds –susurró.

Le gustaba el modo en el que Leo lo pronunciaba.

Dado que ya iba algo tarde para asumir sus deberes como anfitriona para los padres de Leo, bajó rápidamente la escalera.

Leo no estaba en el lujoso salón ni en la cocina ni en ninguna otra de las estancias de la planta baja. Por fin, lo encontró en el despacho, delante del ordenador.

Lo observó durante un instante. Sentía curiosidad por mirarlo así, sin que él supiera que lo estaban observando. Unas enormes estanterías alineaban la estancia y deberían haber empequeñecido al hombre que la ocupaba. No era así. Leo dominaba el espacio. Se había quitado la americana y se había remangado la camisa. Con el cabello ligeramente revuelto, tenía un aspecto adorable.

Cuando él levantó la mirada con aire distraído y una adorable sonrisa, Dannie sintió que el estómago le daba un vuelco. Leo resultaba delicioso e intocable a la vez, una combinación que ella de repente encontró irresistible. Conjuró un picante escenario en el que la lencería de Elise y el escritorio de Leo jugaban un papel fundamental...

–¿Estás ocupado? –le preguntó tras aclararse la garganta.

–Yo… estaba terminando –respondió él tras mirar furtivamente a la pantalla, como si esta contuviera algo pecaminoso y poco relacionado con su trabajo.

–¿Qué estás haciendo? ¿Viendo vídeos en YouTube? –le preguntó sin poder contenerse–. Quería decir...

–No, no estaba trabajando –dijo él mientras cerraba el ordenador–. Ejerzo de mentor *online* para estudiantes universitarios. Estaba ideando un plan de negocios con uno de ellos por *chat*.

–Eso es maravilloso… Deben de prestar mucha atención cuando aparece tu nombre. Debe de ser como ganar la lotería del mentor.

Su esposo era generoso y amable. Por supuesto. Elise no la habría emparejado con él si no fuera así.

–Lo hago anónimamente.

–Ah. ¿Por qué?

–El mundo empresarial es… –dijo mientras se mesaba el cabello con los dedos–. Digamos que mis competidores no dudarían a la hora de abalanzarse sobre la debilidad. Por eso no se la ofrezco.

¿Ejercer de mentor con la siguiente generación de empresarios podría considerarse una debilidad?

–Richard Branson lo hace. No veo por qué él puede hacerlo y tú no.

–A él se le considera un hombre de éxito –dijo. Leo se levantó y se bajó las mangas de la camisa. Entonces, rodeó el escritorio señalando claramente el final de aquella conversación–. ¿Vamos?

En aquel mismo instante, sonó el timbre de la puerta. Dannie siguió a Leo al vestíbulo para recibir a los señores Reynolds.

Leo le presentó a sus padres. Dannie le dio la mano al sonriente señor Reynolds y dejó que la señora Reynolds le diera un apretado abrazo.

–¡Me alegra tanto conocerte!

–Yo también me alegro de conocerla, señora Reynolds.

–Por favor, llámame Susan.

–Lo siento, pero estaba esperando a alguien más… de más edad –añadió ella, por no decir fría o despreciativa.

Susan se echó a reír.

–¡Eres un cielo! Ven conmigo a la cocina para que Leo pueda hablar con su padre mientras nosotras preparamos las bebidas.

Después de mirar a Leo para que él le diera su aprobación, Dannie siguió a Susan a la cocina. Se limitó a observar mientras la madre se ocupaba de sacar los vasos y todo lo necesario. Empezaron a charlar como si fueran viejas amigas. Resultaba evidente que Susan se sentía cómoda en la casa de su hijo, al contrario de Dannie, que no hubiera sabido siquiera dónde encontrar los vasos.

–Me disculpo por no haber ido a la boda, Daniella –le dijo Susan mientras le entregaba un vaso de té y le tocaba el hombro–. Fue una protesta estúpida e inútil, pero estoy furiosa con Leo. No contigo. Es tan… Leo, ¿sabes? –suspiró Susan dramáticamente. Dannie asintió, aunque no lo sabía–.

Demasiado centrado. Demasiado intenso. Demasiado todo, menos lo que verdaderamente importa.

–¿Qué es lo que importa?

–La vida. El amor. Los nietos… –contestó. Entonces, entornó la mirada y la miró fijamente–. ¿Te ha dicho que dibuja?

Dannie se atragantó con el té que se acababa de tomar.

–¿Que dibuja?

–Me lo había imaginado –comentó Susan con un bufido–. Leo preferiría morirse antes de permitir que alguien supiera algo frívolo sobre él. Puede dibujar cualquier cosa. Animales, paisajes, puentes, edificios… Tiene mucho talento. Como su tocayo.

–¿Leo se llama como alguien que dibuja?

–Leonardo da Vinci.

Dannie estuvo a punto de dejar caer el té. ¿Leo era diminutivo de Leonardo y no de Leonard? Se había fijado en el garabato con el que él había terminado su nombre en la licencia matrimonial, pero había estado tan centrada en firmar su nombre que no se había parado a pensarlo.

No debería importa, pero importaba.

Se había casado con un hombre con un nombre muy romántico, que creaba arte de la nada tan solo con un lápiz y un papel. Quería ver algo que él hubiera dibujado, mejor aún, quería que él se lo mostrara voluntariamente. Que compartiera con ella un trozo oculto de sí mismo. Que conectara con su esposa.

La madre de Leo había dejado al descubierto un trozo de la personalidad de su hijo y ella quería ver mucho más. Tenían mucho en común y Dannie se moría de ganas por ver qué podrían compartir aparte de su amor por los libros, la familia y el compromiso.

–Daniella, sé que tu matrimonio con mi hijo es una especie de acuerdo y, presumiblemente, a ti te parece bien. No voy a husmear, pero Leo necesita alguien que lo ame, alguien a quien pueda amar a su vez, y ninguna de las dos cosas se consigue fácilmente. Si no vas a ser tú, te pido por favor que te apartes de él.

El pulso le latía a toda velocidad. Aquel matrimonio no era más que un medio para conseguir un fin. Un acuerdo entre dos personas basado en la compatibilidad, no en el amor. No se parecía en nada a lo que ella deseaba, a lo que soñaba que podría ser posible.

Leo había pedido una esposa que le ayudara a dirigir su casa, a organizar sus fiestas y a encandilar a sus socios en los negocios. Lo más importante era que su esposa debía darle lo que necesitaba, que no era necesariamente lo mismo que lo que él profesaba necesitar.

Su Scarlett interior sonrió y preparó un nuevo plan.

–¿Y si sí fuera yo?

La sonrisa de Susan podría haber proporcionado electricidad para encender todas las luces de París.

–En ese caso, te diría «bienvenida a la familia».

Leo cerró la puerta cuando sus padres se marcharon y se detuvo un instante antes de darse la vuelta. Para recuperar fuerzas. No sirvió para aliviar la atracción que le producía su vibrante esposa. Cuando se dio la vuelta, vio que ella lo estaba observando con aquellos ávidos ojos. El pecho le subía y bajaba, tensando ligeramente la tela de la camisa que llevaba puesta.

A sus padres les había caído muy bien Daniella. Su animada conversación había cubierto el hecho de que él no había contribuido mucho. Había estado demasiado ocupado fingiendo que no estaba pendiente de su esposa, pero ella era tan maravillosa… Fantástica conversadora, buena anfitriona. Cálida. Simpática. Sexy.

En aquel momento, ya estaban los dos solos. Resultaba inevitable hablar con ella.

—Gracias por atender tan bien a mis padres.

Ella lo miró con perplejidad.

—De nada. Para eso estoy aquí, ¿no?

—Sí, y te lo agradezco.

—Me ha gustado conocer a tus padres. Tu madre es muy interesante.

—¿De qué estuvisteis hablando en la cocina?

—De nada importante —dijo ella. Tenía una sonrisa graciosa e inocente en el rostro.

—No escuches nada de lo que te diga mi madre, Daniella. Sufre de una terrible aflicción que no tiene cura alguna: el romanticismo en estado puro. Dannie...

−¿Qué?

Ella se acercó un poco hasta que los dos prácticamente estuvieron respirando el mismo aire. El torso de Dannie casi tocaba el de él con cada aspiración.

−Daniella es demasiado formal, ¿no te parece? Llámame Dannie.

Leo sacudió la cabeza. Cuanta más formalidad, mejor para su propia tranquilidad.

−El nombre de Daniella no tiene nada de malo. Es poco frecuente. Hermoso. Te va bien.

Los ojos de Dannie se iluminaron y, de repente, todos los órganos del cuerpo de Leo parecieron dejar de funcionar. Sin embargo, los de más abajo no parecían sufrir del mismo problema.

−¿Acaso crees que soy hermosa?

¿Había dicho él eso?

−He dicho que tu nombre es hermoso.

La expresión de ella se entristeció y él se maldijo en silencio. Ojalá pudiera conversar con su esposa exclusivamente por correo electrónico. Así seguramente podría evitar herir sus sentimientos.

−Por supuesto que lo eres. Y encantadora.

«Por los pelos», pensó. Encantadora. Esa palabra podría describir un paisaje de invierno.

Sin volver a mirarla, murmuró:

−Buenas noches.

−Leo…

Una mano firme en el brazo lo detuvo antes de que él pudiera dar dos pasos.

–Te he pedido que me llames Dannie porque es así como me llaman mis amigos. Somos amigos, ¿no?

La calidez que había en su voz se apoderó de él y comenzó a hacerle arder lentamente. Sin embargo, no se volvió. No se atrevió a hacerlo.

Algo fundamental había cambiado en la actitud de Daniella. El férreo control que ejercía sobre su energía se había soltado y… Sí… Necesitaba tener cuidado. Esa energía prendía el aire electrificándolo. Ciertamente ya no tenía miedo de hablar con él.

–Yo… sí. Desde luego…

Daniella le rozó el brazo al rodearlo. Aparentemente no quería seguir hablándole a la espalda. Tenía la camisa abierta ligeramente, revelando el atractivo nacimiento del escote. El fuego que lo abrasaba lentamente comenzó a arder más fuerte. Estaban hablando de ser amigos, no amantes. ¿Qué era lo que le ocurría?

–Amigos –susurró él por decir algo.

Sí. Daniella podía pasar a formar parte de su carpeta de amigos. Podría funcionar. Se había imaginado teniendo una compañera que llenaba su vida. Ya la tenía.

–Amigos –dijo ella. Sin romper el contacto visual, ella levantó la mano y le aflojó la corbata, deteniéndose demasiado tiempo en una tarea tan sencilla–. Que se ayudan el uno al otro a relajarse.

¿Relajarse? Todos los nervios del cuerpo de Leo estaban de punta, buscando desesperadamente un modo de liberarse del poder del contacto físico con su esposa. El aroma a fresas flotaba en el aire, proveniente del brillo de labios que ella llevaba. Leo quería saborearlo.

—¿Qué te hace pensar que necesito relajarme?

—Puedo sentir la tensión desde aquí, Leo.

¿Era así como se decía en la actualidad? A Leo le parecía que era mejor decir una erección en toda regla.

Como movido por hilos imperceptibles, el cuerpo de Leo se acercó al de ella. La promesa del calor se convirtió en una realidad cuando las mitades inferiores de sus cuerpos se rozaron una, dos veces… La mano de él voló a la espalda de Daniella para aprisionarla contra él.

Con los dedos aún agarrando la corbata, ella tiró ligeramente y levantó el rostro. Tenía los labios preparados para recibir otro beso, pero en aquella ocasión nada le impidió terminarlo. Ni arrastrarlos por el torso de su esposa directamente a…

Lanzó una maldición. Habían acordado tan solo hacía unas horas que lo suyo sería platónico y estaban en medio de una inocua conversación sobre lo de ser amigos. Sin embargo, él estaba salivando al pensar en besarla, en reírse juntos con un chiste, en ser más, mucho más que una conveniencia el uno para el otro.

Dio un paso atrás. La mano de Daniella se apartó por fin de la corbata.

Si su esposa ejercía sobre él un efecto tan fuerte, estaba en aguas más peligrosas de lo que había imaginado.

–Estoy tenso porque tengo mucho trabajo que hacer –dijo tratando de dominar su cuerpo sin conseguirlo. Parecía destinado a perder aquella batalla. Dado que ella ya no tenía miedo de hablar con él, tendría que poner espacio entre ellos de otro modo–. Pasaremos tiempo juntos, pero no será una relación convencional. Si eso no te va bien, deberíamos pedir la anulación.

El dolor tiñó la expresión del rostro de Daniella, y él sintió una fuerte punzada en el corazón. Ella solo le había pedido que fueran amigos y le había aflojado la corbata. ¿Por qué se lo tomaba como si fuera una ofensa? ¿Era así como pensaba permitir que su relación fuera haciéndose más íntima?

–¿Qué te ha pasado para que estés tan receloso? –le preguntó ella. No parecía acobardada por lo que él había dicho.

–No estoy receloso. No tengo nada en contra de las relaciones ni del amor en general. Sin él, no estaría aquí. Mis padres aún hacen manitas en la mesa. ¿No te has dado cuenta?

–Por supuesto. Son una pareja muy feliz. ¿Por qué no quieres tú lo mismo?

Ahí estaba la razón. Estaban casados y podrían incluso ser amigos, pero no iba a haber nada más. No estaba bien que permitiera que Daniella tuviera esperanzas al respecto.

–Sí, claro que son felices, pero han sacrificado todo lo demás. Mis padres no tienen dinero. No tienen ahorros.

Se negaban a que Leo les prestara dinero. A él

le encantaría poder cuidar de ellos. Les había ofrecido una casa, coches, incluso vacaciones, pero sin éxito. Aparentemente, le gustaba su vida en el barrio, rodeados de bandas y de muros pintados con graffiti. Parecían tener mala memoria, pero a Leo no se le olvidaría jamás el día en el que un ladrón entró en su casa a punta de pistola cuando él tenía seis años. El terror le había encendido el deseo de escapar de allí y le había llevado por el buen camino.

−¿Culpas a tus padres de ser felices en vez de preocuparse por el dinero?

−No. No culpo a mi padre por trabajar en un empleo con un sueldo muy bajo para poder estar en casa con mi madre y conmigo. Yo elegí vivir mi vida de un modo muy diferente. Jamás obligaré a mi hijo a estar agradecido por un regalo bajo el árbol de Navidad. A quedarse en casa en los días en los que el resto de la clase se va de excursión porque no lo puedo pagar.

−Oh, Leo…

La compasión que vio en los ojos de Daniella despertó algo en él, algo que tenía que desaparecer. No se trataba de sentir pena por el pobre Leo Reynolds. Se trataba de reafirmarse.

−¿Ves todo esto? −le preguntó a Daniella mientras señalaba la casa−. Trabajé para conseguir cada centavo. En la universidad tuve tres trabajos para poder graduarme sin deudas y luego trabajar sin parar para salir adelante. Aún no lo he conseguido. Si dejo de mirar el premio durante un momento, puf. Todo se desvanece.

Ella lo miraba sin hablar. Tenía los labios fruncidos y los pechos se le apretaban contra la blusa, invitándole a separarle la tela y… Tal vez tenía que plantearse qué premio era al que se suponía que no debía quitar el ojo.

Otras empresas como la suya lo habían conseguido. Reynolds Capital no tardaría en llegar si seguía a aquel ritmo. Lo único que tenía que hacer era resistir a la tentación. Se había casado con una mujer que podía ayudarle a evitar los peligros que suponía ceder en su empeño.

Si se quedaba en su lugar…

Aspiró de nuevo el aroma de las fresas y la arrebatadora energía de su esposa.

–Yo trabajo, Daniella. Siempre. No puedo invertir en una relación. No sería justo que te dejara creer en esa posibilidad.

No se podía permitir pensar en las posibilidades. No podía permitirse una debilidad. Los placeres llevaban a la pérdida de objetivos y esta a la ruina. Carmen se lo había demostrado. Había estado a punto de fastidiarle su último año en la universidad y, en consecuencia, la vida. Resultaba más fácil no dejarse llevar por ese camino. Lo último que quería era hacerle daño a Daniella.

Capítulo Cuatro

Aquella noche, Dannie durmió bastante mal. La cama era cómoda, pero ella no lo estaba. Leo le había provocado un profundo estado de nerviosismo.

Ya sabía lo arrebatadores que podían resultar aquellos ojos cuando expresaban pasión, pero desconocía si volvería a sentirse cómoda. El deseo se había desatado en el momento en el que él la tocó para sufrir luego una muerte miserable durante la subsiguiente conversación.

Leo se sentía atraído por ella, pero estaba dispuesto a ignorarlo todo por el trabajo. ¿Cómo exactamente esperaba él que dejaran de ser algo más que unos desconocidos?

Su nuevo plan necesitaba algo de refinamiento. Solo porque la madre de Leo y ella pensaran que él podría beneficiarse de los tiernos afectos de una mujer, no significaba que Leo lo creyera también. Si Dannie seguía irritándole con insinuaciones que él no deseaba, podría buscar la anulación. Si llegaba a ese punto, Dannie se quedaría sin nada y defraudaría a su madre y a Elise. Además de a sí misma.

Sin embargo, en lo que a ella se refería, estaban casados de por vida y quería que terminaran siendo amigos y amantes. A pesar del discurso de Leo, Dannie no podía comprender por qué él no lo deseaba también.

Por eso no había pegado ojo en toda la noche.

Se levantó por la mañana muy cansada, pero decidida a ser mejor esposa para Leo Reynolds de lo que él nunca hubiera podido imaginar. Rob había querido una mujer que se camuflara con la decoración y ella lo había estropeado.

Leo iba a conseguir lo que había pedido.

Si ella cumplía sus necesidades, en especial las que él no sabía, podría ser que consiguiera que la relación fuera más profunda.

Se vistió y bajó. Una de las doncellas le informó de que Leo ya se había marchado a trabajar. En vez de dejarse llevar por la desilusión, se familiarizó con la cocina para prepararse el desayuno. A la mañana siguiente, se levantaría temprano para poder prepararle a Leo el café o el desayuno antes de que se marchara a trabajar.

Se pasó el resto de la mañana aprendiendo a manejar el teléfono, memorizando las marcas de ropa que Leo solía llevar, observando cómo a él le gustaba organizar su vestidor y aprendiendo cómo cuidar su ropa. Como señora de la casa, era su responsabilidad asegurarse de que el servicio hacía bien su trabajo para poder corregirlos si lo hacían mal. A la hora de comer, le dolía la cabeza. Y ni siquiera había empezado con el calendario social de Leo.

Después de hablar con la señora Gordon, se sintió mucho más tranquila. La conversación con la secretaria de Leo duró una hora y luego esta le envió una docena de correos con enlaces e instrucciones sobre cómo funcionaba una empresa como la de Leo.

Dannie lo leyó todo dos veces mientras se comía un bocadillo.

La señora Gordón terminó el intercambio de información con una sugerencia sobre una invitación a una reunión de antiguos alumnos de la facultad de Leo, que era esa misma noche. Amablemente, accedió a borrar el recordatorio que ya había creado para que Dannie pudiera practicar con su teléfono.

Ella lo tomó en la mano y lo miró.

—Yo soy la jefa. Es mejor que cooperes –le dijo. Entonces, empezó a tratar de enviarle la cita al calendario de Leo.

Cuando apareció la nota en la que él aceptaba, Dannie estuvo a punto de bailar de alegría. Entonces, se dio cuenta de que lo había programado para el día siguiente por la noche. Lo corrigió rápidamente. Se imaginó a Leo sentado en su despacho sacudiendo la cabeza.

A continuación, Dannie fue a analizar su escaso guardarropa. Aquella sería su primera aparición social como la señora Reynolds. Tendría que acertar de pleno con su atuendo.

Leo entró por la puerta a las seis en punto. Dannie ya lo estaba esperando en la cocina, que. El vestido color salmón que llevaba puesto le acentuaba la figura, y tenía una línea muy elegante. Elise le había enseñado a elegir la ropa que le iba mejor, y aquel vestido le sentaba estupendamente, en especial cuando iba acompañado de unas sandalias de Jimmy Choo. ¿Se daría cuenta Leo?

–¿Cómo te ha ido el día? –le preguntó. Se fijó en que tenía ojeras, lo que parecía indicar que él también había dormido mal.

Sin saber por qué, se acercó a él y comenzó a apartarle el cabello de la frente para masajearle suavemente las sienes. Quería saber lo que podía hacer por él, lo que le gustaba.

Él dejó su maletín sobre la isla de la cocina.

–Bien. ¿Y el tuyo?

–Maravilloso. La reunión de alumnos es en el Renaissance Hotel. El chófer nos llevará en cuanto estemos listos.

Leo no había dicho ni una sola palabra sobre el vestido. Tal vez ella debería tomárselo como una señal de que él no se avergonzaría de que lo vieran con ella y no esperar que él reaccionara ante su ropa. No se había casado con Leo para recibir cumplidos.

–Está bien. Deja que me cambie y nos iremos –dijo él mientras comenzaba a subir la escalera–. Le van a dar un premio a un amigo mío. Deberíamos llevarlo después a cenar.

Reservas. ¿Dónde? ¿Para cuántos? Leo se marchó antes de que ella pudiera preguntar.

Sin pararse a pensarlo, Dannie llamó al restaurante más caro del que había oído hablar y reservó una mesa para cuatro a nombre de Leo. Seguramente al restaurante no le importaría añadir unos cubiertos más a la mesa de un cliente tan distinguido como Leo Reynolds en el caso de que hubiera más comensales.

Leo regresó a la cocina poco tiempo después. Dannie se olvidó de todo lo referente a las reservas. De negro, Leo estaba simplemente impresionante.

–¿Lista? –le preguntó él.

Estaba tan guapo con aquel cabello oscuro y el traje negro, tan elegante y masculino, con un aire de sensualidad que despertaba algo cálido y primitivo dentro de ella. La noche anterior había sentido lo suficiente del cuerpo de Leo. El recuerdo volvió a apoderarse de ella mientras observaba a su esposo de la cabeza a los pies.

Él se aclaró la garganta y consiguió por fin que Dannie lo mirara a los ojos. Seguía esperando que ella le respondiera.

–Lista –dijo ella mientras agarraba su bolso.

Mientras se dirigían al hotel, Leo no dejó de conversar con ella. Dannie sospechaba, y agradecía, que era un plan para evitar que ella se pusiera nerviosa. Sin embargo, no funcionó.

Atravesaron el vestíbulo del hotel. A ella le gustaba el modo en el que él le había colocado la mano sobre la espalda. Servía para dos propósitos: mostrarle su apoyo y anunciar a todo el mundo que estaban juntos.

Todo el mundo se percató. Las cabezas se giraron para mirarlos cuando entraron en el imponente salón de baile. Un cuarteto de cuerda estaba tocando una pieza de Strauss, pero la música no fue capaz de ocultar los susurros que, sin duda, se referían a la mujer que acompañaba a Leo.

Dannie se cuadró de hombros. El escote del vestido se le movió y dejó al descubierto una buena porción de piel. Con disimulo, se lo colocó de nuevo. El escote no era demasiado atrevido, pero los finos tirantes eran demasiado largos para ella.

Mientras Leo la dirigía hacia un rincón, el tirante volvió a caérsele. Ella trató de colocárselo de nuevo con disimulo.

–¿Te encuentras bien? –le susurró él.

Debería haberse probado el vestido antes. Con una cinta de doble cara, todo habría quedado perfectamente solucionado.

–Por supuesto –dijo ella con una serena sonrisa mientras se detenían frente a un grupo de hombres y mujeres a los que, evidentemente, Leo conocía. Dannie los saludó a todos y utilizó todos los trucos que recordaba para tratar de no olvidar los nombres. El hecho de que la hubieran despedido de tantos trabajos tenía un punto a su favor: había pocas personas o pocas situaciones que la intimidaran.

–Y esta es Jenna Crisp –concluyó leo indicando a una bella pelirroja que iba del brazo de Dax Wakefield, amigo de Leo y el encargado de recibir a todo el mundo aquella noche–. Jenna, esta es mi esposa, Daniella Reynolds.

Dannie estrechó la mano de la mujer, pero Jenna no se dignó a mirarla. La atención de la pelirroja estaba en Leo. Dannie lo miró y vio que él no se había percatado del escrutinio de Jenna. Estaba demasiado ocupado charlando con Dax.

–Encantada de conocerte, Jenna. ¿Hace mucho que conoces a Leo?

Jenna se centró por fin en Dannie y la expresión de su rostro se enfrió considerablemente.

–Lo suficiente. ¿Cómo os conocisteis vosotros? –le preguntó la pelirroja en tono de desafío, como si esperara encontrar algo sórdido en su historia.

Aquello era algo de lo que no habían hablado. ¿Sabían sus amigos que había recurrido a una agencia para encontrar esposa? Se decantó por una verdad a medias por si avergonzaba a Leo.

–Nos presentó un amigo común.

–Interesante –afirmó la otra mujer con una fría sonrisa que no engañó a Dannie ni por un momento. Sabía perfectamente que no le caía bien a Jenna–. Así nos conocimos también Dax y yo. Nos presentó Leo.

–Vaya… Estoy segura de que le encantó ayudar a que sus amigos se emparejaran.

–¿Tú crees? Considerando el hecho de que Leo y yo estábamos saliendo por aquel entonces, no estoy muy segura de cómo interpretarlo.

Dios… No era de extrañar que las dagas que Jenna disparaba con los ojos estuvieran tan afiladas.

–Lo siento. No puedo hablar por Leo. Si sientes curiosidad por sus motivos, sería mejor que se lo preguntaras a él. ¿Champán? –le preguntó alegremente, tratando de poner distancia entre ella y la exnovia de Leo, al menos hasta que averiguara cómo navegar por aquellas aguas infestadas de tiburones en las que su esposo le había dejado caer.

–Sí, por favor –dijo Jenna igual de alegremente. Entonces, agarró del brazo a Leo para unirse a la conversación que él tenía con Dax. De ese modo, consiguió apartar físicamente a Dannie del grupo.

Esta decidió contenerse y no decirle a Jenna lo que pensaba de ella con unas cuantas palabras que, en su opinión, la definían perfectamente. Como sabía que con esa reacción conseguiría que le diera a Leo un ataque al corazón, decidió contenerse e ir a por una copa de champán para su esposo y Jenna.

En realidad, comprendía la animosidad que Jenna sentía hacia ella. Dannie también se sentiría confusa si él la hubiera arrojado en brazos de un amigo para luego ir a casarse con otra persona. Además, Dannie tenía una ventaja sobre Jenna, algo que a esta última no se le había pasado por alto. Dannie llevaba el apellido Reynolds.

Se preguntó qué era lo que había pasado realmente entre Leo y Jenna. Leo debería haberla advertido. Hombres. ¿No se daba cuenta de la situación en la que había metido a Dannie?

En realidad, probablemente ni siquiera había considerado que fuera un problema. Y no lo era. Su matrimonio era un contrato, y lo que ella pudiera sentir no era la principal preocupación de

Leo. Este pensamiento le recordó que tenía un trabajo que hacer.

Cuando volvió a reunirse con el grupo, Leo le dedicó una sonrisa de gratitud por el champán. El hormigueo que le provocó aquella sonrisa fue suficiente para perdonarle. Casi.

Una buena esposa podría elegir olvidarse de toda la conversación. También, una buena esposa que prestara atención se aseguraría que no causaba vergüenza alguna a su esposo. Mujer prevenida vale por dos. Si Leo esperaba que charlara con sus amigos, debería saber exactamente qué clase de amistad había entre ellos.

–¿Saliste con Jenna? –le preguntó al oído mientras Dax charlaba con Jenna.

–Brevemente. ¿Te lo ha dicho? –le preguntó mientras buscaba con la mirada a la mujer en cuestión–. Me sorprende que haya tenido tan poco tacto. Me disculpo si te he puesto en una situación incómoda.

–Nada de lo que no me pueda ocupar. Estoy segura de que no lo has hecho a propósito.

Leo frunció el ceño.

–Solo salimos un tiempo y, evidentemente, no salió bien. Si no hubiera sido así, no se la habría presentado a un amigo. Jenna quería más de lo que yo era capaz de darle. Dax le presta atención. Me pareció la solución perfecta.

Oh. Por supuesto. Jenna era la razón por la que Leo necesitara una esposa que no esperara su atención. Había esperado poder pasar tiempo con él y se cansó de que Leo tan solo le prestara atención a su trabajo.

Las miradas que Jenna le lanzaba a Leo tenían por fin sentido. A pesar de que, sin duda, Leo le dijo que evitara implicarse emocionalmente, Jenna no lo había podido evitar. Eso le ocasionó el repudio de Leo.

Dannie comprendió que podría correr la misma suerte si cometía el mismo error.

Cuando sintió la mano de su esposo de nuevo sobre la espalda, no pudo evitar pensar que Jenna le había importado lo suficiente como para ayudarla a encontrar a alguien mejor que él. El día anterior en la cocina, Leo había expresado un genuino interés por asegurarse de que Dannie no se sentía desilusionada con su matrimonio.

Eran pequeños detalles, pero a Dannie le hacían pensar que Leo tenía un buen corazón. A pesar de su deseo por mantener las distancias con ella, Dannie decidió que la necesitaba para romper la barrera de la que se había rodeado.

¿Cómo lo haría?

El champán le dejó un regusto amargo en la boca a Leo. Si hubiera sabido que Jenna iba a disgustar deliberadamente a Daniella, jamás habría permitido que su esposa estuviera cerca de su ex.

Debería estar charlando con Miles Bennett, que estaba a punto de lanzar un producto de software que parecía muy interesante. También debía hablar con John Hu, pero tampoco lo estaba haciendo. En resumen, en vez de estar haciendo la docena de cosas que debería hacer, estaba observando a su esposa de reojo mientras fingía estar hablando con Dax, que a su vez fingía no darse cuenta de la falta de atención de Leo.

Daniella había deslumbrado a todo el mundo, a pesar de las malas intenciones de Jenna.

La mecánica del matrimonio aún era nueva para él y no había considerado las posibles consecuencias de presentar a las dos mujeres. Se suponía que una esposa era menos complicada que el resto de las mujeres, no más. ¿Se sentía Daniella incómoda al estar en la misma habitación con Jenna? En realidad, no parecía disgustada. A pesar de que aún faltaba una semana para Navidad, ella parecía más bien un regalo maravillosamente envuelto que él hubiera puesto en su lista.

Ese vestido… Le hacía destacar los senos, revelando justo lo suficiente para resultar interesante sin resultar indecente. La cremallera que llevaba en la espalda lo estaba llamando. Con un suave tirón, el envoltorio se abriría para dejar al descubierto un regalo muy agradable. Los delicados zapatos que llevaba enfatizaban aún más sus hermosas piernas. Lo que veía le atraía mucho más de lo que le habría gustado.

Daniella era la mujer más hermosa que había en la sala. No tenía rival y, por lo que estaba viendo, no era el único que pensaba así. Esto le producía un profundo sentimiento de orgullo.

Por si estaba más disgustada de lo que parecía por lo ocurrido con Jenna, él no la perdió de vista mientras hablaba con dos de los socios de Reynolds Capital. Resultaba agradable ver cómo movía las manos y la boca para formar palabras. Entonces, se echó a reír y el vestido se le bajó un poco más sobre los senos. Otro poco más…

Una oleada de calor le tensó el cuerpo entero y le apretó incómodamente los pantalones. Lanzó una maldición. Dax lo miró como si hubiera perdido la cabeza, lo que no parecía estar tan lejos de la realidad como debería.

—Necesito otra copa —explicó Leo mientras indicaba a un camarero que le diera otra copa de champán.

Cuando el camarero se la llevó, la vació de dos tragos. Sin embargo, no consiguió alivio alguno. Algo tenía que cambiar muy rápidamente.

Miró a Daniella. Ella no movió la cabeza, pero un rápido movimiento de ojos indicó que estaba pendiente de él. Entonces, lo miró con una secreta sonrisa que parecía una promesa para más tarde.

O tal vez era la parte inferior del cuerpo de Leo la que había querido deducir aquel significado. La parte superior se negaba a tener ni una sola fantasía con ella. Se suponía que la intimidad sería progresiva. Abandonar aquella idea un día o dos más tarde de la boda no tenía buenos augurios para el estado mental de Leo.

Aún no eran amigos y ya estaba pensando en reclamar su derecho sobre ella.

La música comenzó a resonar con fuerza, señalando el comienzo de la ceremonia de premios. Daniella se acercó a él al mismo tiempo que Leo le agarraba el brazo. Se rozaron las caderas y, de algún modo, el botón de la americana de Leo se enganchó en el vestido de Dannie.

Uno de los pezones quedó al descubierto. Aquella imagen se apoderó por completo de la visión de Leo y después envió un mensaje directo a su entrepierna. Ella lanzó un gritito de humillación y se tapó inmediatamente con las manos.

Leo la abrazó para que nadie pudiera verla. Dios santo… El cuerpo de su esposa se alineaba con el suyo de un modo tan dulce como la miel aferrándose delicadamente a todas partes.

—Nadie se ha dado cuenta —le murmuró él al oído. Rezó para que Daniella no se ofendiera por la evidente erección que se apretaba contra su abdomen.

La imagen de aquel pezón desnudo y rosado se le marcó a fuego en el pensamiento. Lo peor fue que los dos pezones se apretaban contra su pecho, haciendo que la temperatura del salón de baile subiera unos cien grados.

—¿Ya… ya te lo has colocado? —le preguntó él con voz ronca.

—No puedo —susurró ella. Sus manos se movían entre los dos cuerpos, rozando la erección de Leo un buen número de veces—. El botón no se suelta.

—Tendremos que salir al vestíbulo. ¿Te puedes dar la vuelta?

–Sí. Si me cubres con el brazo.

Poco a poco, fueron acercándose a la salida. Daniella agarraba a Leo con una mano y el vestido con la otra. Por suerte, las manos ya no estaban cerca de la erección. Un roce más hubiera producido unos fuegos artificiales que no se debían mostrar en público.

Tras lo que les pareció una eternidad, los dos alcanzaron el vestíbulo. Leo se iba a perder la ceremonia, pero Dax tendría que comprenderlo. Empujó a Daniella a un hueco que había en la pared y en el que se albergaba la estatua gigante de una sirena.

–Aquí no nos ve nadie –dijo.

Ella dio un paso atrás, tanto como le permitió el enganchón que tenían en la ropa. Con la cabeza baja, comenzó a soltar el botón hasta que por fin consiguió separarlos.

–Lo siento. Debes de sentirte muy avergonzado.

Dannie seguía con la cabeza baja, como si no quisiera mirarlo.

–¿Yo? –le preguntó él. Entonces, le colocó una mano bajo la barbilla y obligó a Dannie a levantar el rostro. Las mejillas de ella ardían–. Tú eres la que tiene motivo para estar avergonzada. Me imagino cómo te debes sentir. Primero te obligo a ser amable con Jenna y luego casi te desgarro el vestido. Soy yo quien lo siente.

–No ha sido culpa tuya –replicó ella rápidamente–. Este vestido me está algo grande. No debería habérmelo puesto.

Cinco minutos antes, Leo habría estado de acuerdo. Si Daniella se hubiera vestido de otro modo, él podría haber tenido la conversación con John Hu que tanto había deseado tener. Sin embargo, la alternativa, es decir, lo de estar allí a solas con su esposa, no le parecía de repente tan terrible.

–Ese vestido te sienta perfectamente.

–No. Tengo que arreglarlo. Debería haberlo hecho, pero no fue así. Tendría que haber pensado en las consecuencias. Mi trabajo es hacer que tú resaltes positivamente, no avergonzarte en público. Lo siento. No estoy dando una primera impresión muy buena.

–Al contrario. La impresión que has dado ha sido excelente. Exactamente como yo esperaba. Te estuve observando mientras charlabas con mis socios. Les caíste muy bien.

Los había encandilado fácilmente y se la imaginaba haciendo lo mismo con idéntica facilidad en eventos futuros. Daniella era maravillosa.

–¿De verdad? –preguntó ella con incredulidad.

Daniella era su esposa, no una cita casual. El acto mismo de haberla convertido en su esposa lo cambiaba todo. Quería que ella fuera feliz, algo que no había planeado ni podría haber predicho. De hecho, no solo quería que fuera feliz, sino que había descubierto que quería cuidarla y asegurarse de que estaba bien. Quería que ella supiera que podía depender siempre de él.

Asintió y trató de volver a hacer que ella sonriera.

–Por lo menos, te puedes consolar de que todo esto del vestido no pasara delante de las cámaras de televisión.

Dannie se echó a reír tal y como Leo había esperado. Sin embargo, no había esperado que la erección volviera a cobrar vida. ¿Quién podía culparle? La risa de Daniella lo envolvía como si fuera un delicioso vino, transportándolo a la clara imagen de aquel hermoso seno.

El pequeño hueco en el que se habían ocultado se fue haciendo más opresivo y claustrofóbico. Ella lo miraba atentamente, con una cálida expresión en los ojos.

–Gracias por rescatarme. Ha sido muy caballeroso por tu parte.

Leo sintió que se le caldeaba la nuca al notar la adoración que había en los ojos de Daniella. Se sentía fatal… No había ni un solo gramo de romanticismo en todo su cuerpo.

–Yo jamás te habría abandonado.

–El botón –dijo ella sin dejar de mirarlo a los ojos. Entonces, lo tocó con la yema de los dedos–. Está suelto.

–No pasa nada musitó él. Le ardía la garganta. Todo su cuerpo parecía estar ardiendo–. Tengo otro.

Ella inclinó ligeramente la cabeza y arqueó las cejas. Los suaves mechones de su cabello le acariciaban el rostro. Él no se pudo resistir y extendió la mano para atusárselos. Y para disfrutar también él. Aquel suave y brillante mechón era como seda entre sus dedos.

–¿Volvemos a la fiesta? –preguntó ella–. Si no me muevo demasiado, todo debería salir bien.

Leo le miró el escote automáticamente. Todo estaba en su sitio, pero la promesa de lo que sabía que había debajo de la tela le torturaba. Podía apartar tan fácilmente aquel vestido y recorrer los erectos pezones con la yema del pulgar… No requeriría esfuerzo alguno. Nadie podría verlos detrás de aquella escultura.

Contuvo el aliento.

–Leo… –murmuró ella mientras le deslizaba los ágiles dedos por las solapas de la americana.

–¿Hmm?

Daniella estaba tan cerca que él podía ver los tonos dorados de sus ojos. Irradiaba de ella una energía en estado puro, envolviéndolos a ambos en un velo ardiente.

–¿La fiesta? –dijo ella. Sus labios se cerraron en la última sílaba y Leo recordó cómo aquellos labios habían soltado chispas contra los suyos cuando la besó en la ceremonia de boda.

Era como una primera cita. Había besado a muchas mujeres en gran cantidad de ocasiones. De hecho, pensaba que era lo que se esperaba de él y que suponía una gran desilusión que no lo hiciera. Si besara a Daniella una segunda vez, ¿resultaría tan apasionado como el primero que habían compartido?

Su curiosidad solo se podía satisfacer de un modo.

–Deberíamos regresar, ¿no te parece? –insistió

ella. Sin embargo, no se movía. Lo miraba pícaramente, como si pudiera leer la intención que Leo tenía reflejada en los ojos.

Sí. Deberían regresar. Su cuerpo se inclinó al de ella, desesperado por establecer contacto. El aroma a fresas lo envolvió como una nube de sensualidad cuando ella se acercó a él. O tal vez fue el propio Leo quien se movió.

«Como la miel», pensó cuando los cuerpos de ambos se reunieron. Los labios se tocaron delicadamente y luego más firme, más deliberadamente. La mente de Leo se olvidó de todo excepto del ardor de la carne contra la carne.

La boca de Daniella se abrió bajo la de él. Leo la estrechó con fuerza entre sus brazos para poder besarla mejor. Daniella le hundió las manos en el cabello y comenzó a mover la boca con fuerza y ferocidad contra la de él.

El deseo le recorría las venas. Las caderas se movían involuntariamente contra las de ella, trazando círculos incontrolados para buscar la liberación del deseo que Dannie le había provocado. Con una mano, le agarró el cuello y la obligó a inclinar la cabeza hacia atrás para poder besarla más. Cuando le acarició la lengua con la suya, ella le devolvió la caricia, pero más profunda y apasionadamente. Leo gruñó de placer. Daniella le estaba besando como si fuera la fantasía de una adolescente cachonda. Profunda. Húmeda. Carnal.

Aquellos senos perfectos lo turbaban. Su libido parecía animarle a que los tocara. La tentación era casi insoportable, pero se temía que si cedía ante ella tal vez no podría recuperar de nuevo la cordura.

Podrían irse a casa. Inmediatamente. Después de todo vivían juntos.

Si se la llevaba a casa, podría desnudarla para poder saborear cada rincón del cuerpo de su esposa, en especial las partes que aún no había visto pero que podía sentir fácilmente bajo la delicada tela que cubría la deliciosa piel.

Profundizó el beso. El deseo era insoportable. Le caldeaba y le inflamaba la piel, recorriéndole todo el cuerpo. Jamás había besado así a una mujer en una de sus citas. De hecho, nunca había besado así a ninguna mujer, ni siquiera en la cama.

Daniella lo estaba atrayendo a un oscuro pozo de necesidad del que no resultaba tan atractivo salir de repente.

Comenzó a besarle la garganta mientras le acariciaba suavemente el sensual trasero. Aquella mujer tan estimulante, tan increíble, era la suya. Ella gemía con sus caricias y echaba la cabeza hacia atrás en puro abandono.

—Leo… —murmuró Daniella cuando él le quitó una horquilla del recogido—. ¿No tienes que regresar?

Como si ella le hubiera arrojado un cubo de agua helada por la cabeza, el deseo de Leo se apagó de repente. Estaban en el vestíbulo de un hotel y su esposa acababa de recordarle la importancia de dejarse ver en la ceremonia a la que habían acudido.

Se apartó de ella para respirar profundamente y recuperar la cordura.

–Sí.

El rostro de Daniella permanecía compuesto, pero el deseo seguía reflejándosele en la mirada. Leo sospechaba que podría explotar fácilmente con una nueva caricia. Daniella estaba tan excitada como él.

–¿Hasta más tarde entonces? –le preguntó ella.

No. De ninguna manera. «Céntrate, Reynolds». Tenía que hablar con al menos cuatro personas en aquella sala. Si tenía que pasarse el resto de la velada anticipando lo que vendría después, no conseguiría nada.

«Eres débil», le dijo la voz de su conciencia. Y esa era la verdadera razón por la que no perdía de vista sus objetivos. Si se dejaba llevar por la pintura, por una mujer, por cualquier cosa que no fuera su objetivo, estaría perdido. Solo tenía que tener en cuenta lo que había pasado con un único beso.

La soltó y sintió cómo su cuerpo bajaba de temperatura un par de grados. No bastaba para borrar la huella que Daniella le había dejado en los sentidos.

–Perdona. Ha sido un comportamiento inapropiado. Te ruego que vayas un momento al tocador de señoras y que te reúnas de nuevo conmigo en el salón de baile. Nos comportaremos como si no hubiera ocurrido nada de esto.

La desilusión sustituyó al deseo en la expresión del rostro de Daniella. Leo se sintió como un imbécil de primera clase.

–Si eso es lo que quieres…

Por supuesto que no era lo que quería, pero necesitaba la distancia para conseguir recuperar el control.

–Este es un evento de trabajo y no me he comportado como lo que realmente es.

–Por supuesto.

El tono de la voz de Daniella se hizo muy profesional, como debería ser. A pesar de lo que había ocurrido, ella permaneció tranquila, cumpliendo su deber tal y como se esperaba de ella.

Leo odiaba levantar barreras, pero ella se había convertido precisamente en lo que sospechaba: una distracción que no se podía permitir.

Sin embargo, también estaba demostrando ser exactamente lo que había esperado. El perfecto complemento para un hombre. Ella se merecía la felicidad y él no podría proporcionarles seguridad a ninguno de los dos si dejaba de ocuparse del éxito de Reynolds Capital Management aunque solo fuera un instante.

No habría más digresiones. Resultaba demasiado peligroso besarla.

Daniella volvía a estar en la carpeta de empleados. Y ahí era donde debía permanecer.

Sin embargo, ¿cómo diablos iba a poder olvidarse de lo que aquellos labios de sabor a fresa eran capaces de hacer?

Capítulo Cinco

Cuando Dannie salió de su dormitorio a la mañana siguiente, Leo ya se había marchado. A pesar de que había puesto el despertador, Leo había madrugado más que ella.

Decidió que lo había fastidiado todo en la fiesta de la noche anterior. Leo había estado besándola, y de qué manera, pero luego había echado el freno. Por supuesto, el trabajo era lo primero. La mujer a la sombra del hombre no debería olvidarlo nunca. Sin embargo… ¿cómo podía fingir que aquel beso no había ocurrido? Era imposible. No era tan ingenua como para pensar que podría romper las barreras de él en una única noche, pero había creído que, al menos, las había resquebrajado un poco.

Decidió que al día siguiente podría el despertador treinta minutos antes. Si llegaba a la cocina antes que él, tendrían oportunidad de charlar y tal vez de reírse un rato. Entonces, podrían pensar cosas bonitas el uno sobre el otro a lo largo del día.

Desgraciadamente, a la mañana siguiente tampoco llegó a tiempo. Siguió pasándole lo mismo una semana entera. Aquello debería haberle indicado la verdad de lo que ocurría, pero no comprendió que él había estado evitándola hasta que vio la mirada de asombro en el rostro de Leo cuando lo sorprendió por fin una mañana.

–Buenos días.

–Buenos días –respondió él. Siguió andando sin decir una palabra más.

Dolida, Dannie vio cómo él bajaba las escaleras. Se juró que no pensaría en Leo Reynolds durante el resto de día. Tenía un trabajo que hacer.

Se pasó una hora con los empleados del hogar repasando las cuentas semanales de la casa. Después, entrevistó a una posible doncella para sustituir a la que se había despedido. Le gustaba organizar la vida de Leo. En la fiesta de los antiguos alumnos, se había movido con soltura en los círculos sociales de él a pesar de la humillación de lo ocurrido con el vestido y había sonreído a la exnovia de su esposa a lo largo de toda la cena.

¿Qué más podía esperar él de una esposa?

A las cuatro, Leo le envió un breve mensaje, que ella ya se esperaba.

«Llegaré tarde. No me esperes para cenar».

Llevaba haciendo lo mismo toda la semana. Resultaba evidente que, a pesar de lo del beso, Leo tenía la intención de guardar las distancias con ella.

Furiosa, llamó a su madre y la invitó a cenar. Se aprovecharía del magnífico cocinero que Leo tenía. Las dos mujeres cenaron bisque de langosta. Mientras su madre hablaba maravillas de la cena, del matrimonio de Dannie y de lo mucho que le gustaba su enfermera, Dannie no hacía más que sonreír. Se sentía frustrada y eso le impedía disfrutar de una agradable velada con su madre.

Desde que Dannie tenía memoria, su madre siempre le había prevenido en contra de los hombres. «Los hombres no se quedan nunca». «No escuches las hermosas palabras y las promesas que te hagan». A pesar de los intentos de su madre por aplastar el romanticismo de la joven, este seguía latente, enterrado bajo la realidad.

Todos los hombres no podían ser como su padre. Leo no la llenaba de halagos. De hecho, había sido completamente sincero con ella.

Además, la había besado apasionadamente, alocadamente, más de lo que nadie la había besado en toda su vida. No podía fingir que no había ocurrido ni que no deseaba algo más de él.

Después de encargarse de que el chófer llevara a su madre de nuevo a casa, se sentó en el sofá. Estaba decidida a esperar a Leo hasta que llegara a casa, fuera la hora que fuera. Tenían que hablar.

Una hora más tarde, empezó a preguntarse si Leo tenía la intención de dormir fuera.

Pasó otra hora. Aquello era ridículo. No solo estaba él poniendo trabas al trabajo que le había encomendado a Dannie sino también a la amistad que le había prometido.

Le envió a Leo un mensaje de texto: »He oído un ruido. Creo que hay alguien en la casa. ¿Puedes venir?».

Él respondió inmediatamente: «Llama a la policía y aprieta el botón de Pánico de la alarma».

Ella respondió: «Tengo miedo. Preferiría que regresaras a casa».

Leo: «Estaré tan pronto como pueda»

Bingo. Dannie lanzó un suspiro de alivio. Al menos Leo tenía buen corazón.

Veinte minutos más tarde, Leo aparcó el coche frente a la casa. Dannie encendió las luces del porche de entrada y lo recibió en la escalera.

—¿Te encuentras bien? —le preguntó él mientras miraba a su alrededor.

—Estoy bien —dijo ella. Más o menos.

—¿Has llamado a la policía?

—No. No he vuelto a escuchar ruidos y no quería hacerles perder el tiempo —mintió. Sobre todo porque no había habido ruido alguno.

Leo le hizo algunas preguntas más, que ella respondió hasta que él se quedó tranquilo.

—La próxima vez, pulsa el botón de Pánico de la alarma. Para esto tenemos la alarma.

—¿He interrumpido algo importante en el trabajo?

Leo sonrió.

—Todo es importante, pero no importa. Seguirá allí por la mañana.

Leo relajado resultaba también muy agradable. Mucho más cercano. Dannie le devolvió la sonrisa y le tiró del brazo.

—Entonces, siéntate conmigo un momento. Cuéntame cómo te ha ido el día.

Leo no se movió.

—No hay mucho que contar. ¿Por qué no te vas

a la cama? Yo me quedaré por aquí un rato para asegurarme de que, efectivamente, no hay nada de qué preocuparse.

–No estoy cansada –replicó inmediatamente–. Tú estás aquí. Yo estoy aquí. Charlemos un rato.

Leo levantó el maletín que llevaba en la mano un poco más alto y se encogió de hombros.

–Tengo trabajo que terminar.

–Bueno, ese trabajo también puede esperar a mañana –dijo ella. Suavemente, le quitó el maletín de la mano y lo dejó en la mesa del recibidor. Se sorprendió un poco que él se lo hubiera permitido–. No hemos hablado desde la fiesta de antiguos alumnos.

La mera mención a aquella fiesta cargó el ambiente inmediatamente. Leo la miró y el silencio se tensó entre ellos.

–Hay una razón para ello –respondió Leo por fin.

Dannie sintió que se le hacía un nudo en la garganta al oír que él admitía francamente que la había estado evitando.

–Sí. Lo sospechaba. Por eso quiero hablar.

–Pensaba que querías que te hablara del día…

–Así es, pero tenemos que hablar de lo que sea. Esperaba que pudiéramos charlar un rato tranquilamente.

–Tal vez podamos hacerlo mañana –dijo él. Tomó el maletín de la mesa, pero antes de que pudiera marcharse del vestíbulo, Dannie se colocó delante de él y le cortó el paso.

Se cruzó de brazos y lo miró fijamente, con desaprobación.

–Sé sincero conmigo. Puedo aceptarlo. ¿Te
arrepientes de la esposa que has elegido? Tal vez,
después de todo, estás pensando que hubiera sido
mejor elegir a Jenna.

Leo dejó caer el maletín. Este resonó con fuerza al golpear el suelo.

–Ahora no, Daniella.

–¿Quieres decir mejor que no quieres hablar
nunca de esto? ¿Cuándo vamos a hablar de esto
si no es ahora? –le espetó ella muy enojada mientras le daba en el torso con un dedo–. Me has estado evitando y quiero saber por qué. ¿No me estoy
comportando tal y como esperabas?

–No te estoy evitando –respondió él. La culpabilidad que se adivinaba en su rostro contradecía lo
que decían sus palabras–. Tengo tres propuestas de
las que ocuparme, el valor de las acciones de una
de mis mayores inversiones sufrió un cuarenta por
ciento de pérdidas la semana pasada y un negocio
que apoyé se declaró en bancarrota hoy mismo.
¿Te parece suficiente verdad? La razón por la que
no hemos hablado es porque estoy muy ocupado
manteniendo a flote mi empresa.

–Lo siento… –susurró ella. Se sentía muy culpable por lo que acababa de decir–. No debería
haberte molestado con lo del ruido. Solo quería…

«Verte. Hablar contigo. Descubrir si habías estado pensando en mí».

–… no tener miedo.

La expresión de Leo se suavizó y le tocó el hombro con gesto protector.

–No deberías haberlo tenido. Haría falta un equipo de miembros de las fuerzas especiales para entrar aquí. Estás segura. ¿Acaso no te sientes así?

Dannie observó la preocupación que se reflejaba en aquellos ojos azules y sintió que se licuaba por dentro.

–Sí...

De repente, comprendió que Leo se preocupaba mucho por ella sin decírselo, mucho más de lo que había supuesto. Casi como si prefiriera que nadie supiera los maravillosos gestos que hacía o lo buena persona que era en realidad. ¿Acaso temía que Dannie descubriera que sentía más por ella de lo que quería dejar ver?

–Bien –repuso él. La preocupación desapareció de su rostro y se vio reemplazada por algo que se parecía mucho al afecto–. Lo último que quiero es que te sientas ansiosa o insegura.

–¿Sabes lo que me haría sentir mucho menos ansiosa? Saber qué es lo que ocurre entre nosotros –dijo–. Se supone que debemos disfrutar la compañía del otro cuando nos encontremos, pero nunca nos encontramos.

–Salimos hace una semana –protestó él con un brillo en los ojos que parecía advertirle a Dannie que se anduviera con cuidado.

Dannie no pensaba hacerlo. Si Leo volvía a desaparecer, aquella podría ser la única oportunidad que tuviera de decir lo que pensaba.

–Exactamente. Hace una semana y no hemos hablado desde entonces. Tan solo nos hemos dado los buenos días en una ocasión. No puedo ocuparme de tu vida si no formo parte de ella. Además, nuestra relación no podrá desarrollarse si no hacemos algo al respecto. Los dos.

–Daniella… ¿Qué es exactamente lo que me estás pidiendo?

–Para empezar, quiero que me llames Dannie. Quiero ser tu amiga. ¿Tú no?

–Depende de la definición que tú tengas de amigo –replicó él con cautela–. La última vez que sacamos el tema, me dio la impresión de que era un eufemismo para otra cosa.

–¿Te refieres al sexo? –le preguntó ella sin poder contenerse.

–Sí. Dicho en plata, sí –le espetó él.

–Nuestro matrimonio requiere que digamos las cosas como son. Dado que tal vez no tenga otra oportunidad para hablar contigo en este siglo, te lo diré muy clarito: mi oferta de amistad no es una invitación velada para que me seduzcas.

–Entonces, ¿qué es?

–Vaya, parece que no me explico todo lo bien que creía. ¿Acaso no decidimos que nuestra relación terminaría siendo íntima con el tiempo? Es decir, que terminaríamos teniendo relaciones sexuales.

–Eso es –admitió él–. En un futuro lejano.

–Genial –repuso ella–, pero la intimidad es mucho más quitarse la ropa, Leo. ¿Acaso pensaste que un día nos despertaríamos y nos meteríamos en la cama? No funciona así. La intimidad tiene un lado intelectual que implica pasar tiempo juntos. Convertirse en amigos. Quiero conocerte. Saber lo que piensas. Tus sueños. El sexo empieza aquí –le dijo mientras le golpeaba suavemente en la frente–. Al menos para mí.

–Quieres que te corteje –dijo él secamente.

–Soy una mujer. Las matemáticas no son tan difíciles.

–Pues las matemáticas son una de mis mejores habilidades.

–¿Cómo pensaste tú que podríamos llegar de A a B?

–Nunca antes he tenido problemas para conseguir que una mujer se interese –comentó–. Normalmente, el problema es conseguir que pierdan el interés.

Es decir, Dannie había estado en lo cierto desde el principio.

–Nunca has tenido que invertir energía alguna en una relación, ¿verdad?

–No tengo tiempo para una relación, Daniella –afirmó él con voz tranquila–. Por eso me casé contigo.

Directo. Devastador. Dannie estuvo a punto de perder el equilibrio al escuchar aquellas palabras.

En el horizonte, no se vislumbraba ternura, ni amistad, ni progresión alguna hacia la intimidad. Él esperaba que un día Dannie se desnudara, le diera placer y se marchara. Nada más.

–Entiendo. Disfrutaremos de la compañía del

otro cuando se crucen nuestros caminos y luego iremos por separado.

Sintió un fuerte dolor en el corazón. No se había dado cuenta hasta aquel momento que tener un matrimonio que en realidad no lo era resultaba peor aún que estar sola.

Leo la miró aliviado.

—En ese caso, me alegro de que hayamos hablado. Para responder a tu pregunta de antes, tú eres todo lo que había esperado que fueras. Estoy encantado de la elección que hice de esposa. Jenna no era la adecuada. Hablando del tema, me gustaría que prepararas una cena para veinte invitados dentro de aproximadamente unas dos semanas. ¿Tienes tiempo suficiente?

—Por supuesto.

¿Dos semanas? El pánico se apoderó de ella. ¿Cómo iba a poder organizar un evento así en dos semanas? No le quedaba más remedio que hacerlo. Aquella era la razón por la que Elise la había emparejado con Leo. Ella se había comprometido a ocuparse de su vida personal.

—Estaré encantada de hacerlo —añadió—. Me pondré manos a la obra inmediatamente. ¿Me puedes enviar por correo electrónico la lista de invitados?

—Sí. Tommy Garrett es el invitado de honor. Asegúrate de escoger una fecha en la que él esté disponible. ¿Alguna pregunta?

—En estos momentos, no —mintió—. Me pondré a ello de inmediato.

Aquella era la clave para soportar un matrimonio que no lo era. Ponerse manos a la obra con su trabajo y mantenerse ocupada para no pensar que su matrimonio se había convertido en algo más tan solo porque hubieran saltado unas cuantas chispas.

Su madre estaba cuidada. Ella también. Además, había dicho lo que pensaba y Leo no la había echado a patadas a la calle. ¿Qué más podía querer? Se trataba de la vida real, no de un cuento de hadas, y ella tenía trabajo.

Le deseó a Leo buenas noches.

Si esperaba que ella se desnudara, le diera placer y se marchara después, ¿por qué no se aprovechaba inmediatamente de lo que él había dado por sentado que ella le estaba ofreciendo?

Leo se golpeó la frente contra el escritorio cuando estaba leyendo la cláusula que describía la fecha límite de su propuesta para financiar la compañía de software de Miles Bennett.

Eso le despertó inmediatamente.

¿Por qué no se marchaba a la cama? Eran las tres de la mañana. La gente normal estaba dormida a aquellas horas de la noche, pero él no. Leo Reynolds tenía la habilidad de pasarse días sin dormir porque, de otro modo, se quedaría atrás. John Hu se le había escapado en la fiesta de alumnos y estaba trabajando con otro inversor. Si hubiera estado más atento aquella noche, ese inversor podría haber sido él.

El sueño era para los débiles.

Apartó aquel pensamiento. Treinta y cinco años, treinta y seis dentro de dos meses. No era un hombre viejo. Sin embargo, últimamente, se sentía así. Diez años atrás, leía contratos y propuestas hasta el amanecer y luego se tomaba un par de cafés para enfrentarse al día con entusiasmo.

Ya no podía hacerlo, y la situación empeoraría a medida que fuera acercándose a los cuarenta. Tenía que esforzarse cada día mientras pudiera. Nada de distracciones que pudieran apartarle de su objetivo.

Tal vez debería incrementar su rutina de ejercicios a una hora en vez de cuarenta y cinco minutos. Comer un poco mejor en vez de engullir lo que fuera en el despacho.

Le despertaron unas suaves manos sobre los hombros.

–Leo… –murmuró Daniella mientras le apretaba el brazo–. Te has quedado dormido encima del escritorio.

Leo se incorporó rápidamente. Miró a Daniella y luego su reloj. Las seis y media. A esa hora, normalmente ya estaba en el trabajo.

–Gracias por despertarme –susurró aclarándose la garganta–. No sé cómo me ha ocurrido.

–¿Porque estás cansado? –le preguntó ella frunciendo el ceño.

Llevaba un elegante vestido de flores y el cabello suelto por la espalda. Un maquillaje impecable acentuaba sus rasgos. Leo apartó rápidamente la mirada de ellos.

–Además de eso.

Apartó la propuesta de Miles Bennett sin mirar a Daniella. Aunque se moría de ganas de hacerlo. ¿Cómo conseguía tener un aspecto tan maravilloso a aquellas horas tan tempranas?

–Deja que te prepare una taza de café –le ofreció. Pero se sentó en la mesa como si pensara quedarse un rato.

–Tengo que marcharme. Llego tarde.

La súplica que había en sus ojos desató algo dentro de él. A pesar de los muchos obstáculos que le ponía, Daniella seguía queriendo prepararle un café. ¿Cómo podía negarse?

–Gracias. Deja que me dé una ducha rápida y me reuniré contigo en la cocina.

La ducha consiguió despejarle. Después, se puso unos pantalones recién planchados y una camisa en vez de traje, dado que era sábado. Una concesión que no recordaba haber hecho antes. ¿Qué le había empujado a hacerlo ahora?

Cuando entró en la cocina, el rico aroma del café lo saludó tan solo un instante antes que su esposa. Ella sonrió y le ofreció una taza bien caliente.

–Llegas en el momento perfecto.

Leo se sentó y comenzó a tomarse el café. El líquido se le deslizó maravillosamente por la garganta. No se sorprendió que Daniella, de algún modo, hubiera conseguido prepararle el café tal y como le gustaba.

–Hasta el café es perfecto… –murmuró.

–Es solo práctica –dijo ella mientras se sentaba

en la silla que quedaba frente a Leo y cruzaba las manos serenamente sobre el regazo.

–¿Cuánto tiempo llevas practicando? –le preguntó él. Había algo en el tono de Daniella que despertó su interés.

–Desde la boda. He tratado de levantarme antes que tú todos los días para poder prepararte el café. Hoy es el primer día que lo he conseguido.

El siguiente trago de café no resultó tan reconfortante. ¿Por qué había puesto ella tanto esfuerzo en algo que tenía tan poca importancia?

–Eso no formaba parte de nuestro acuerdo. Deberías dormir hasta la hora que quieras.

–Nuestro acuerdo dice que debo asegurarme de que tu vida fluya, en especial en casa. Si quieres café por la mañana, es mi trabajo asegurarme de que lo tienes disponible.

«Mi trabajo».

Daniella formaba parte de la carpeta de empleados para Leo, pero jamás había esperado que ella se considerara de esa manera. Sin embargo, ¿por qué no iba a ser así cuando de lo único que hablaban era de su acuerdo?

La taza de café, la ropa planchada, preparada en un instante… Daniella se había metido en su papel como si llevara toda la vida siendo su esposa. Los empleados de la casa la adoraban y la respetaban. Era increíble. Si hubiera recibido la esposa que realmente le había pedido a EA International, la esposa a la que le resultara fácil ignorar, su vida sería perfecta.

No era culpa de Daniella que sufriera del síndrome todo o nada. Era un hombre muy intenso. Por eso ya no dibujaba. Cuando empezara, sería capaz de llenar un bloc entero de paisajes, de rostros, del hermoso cuerpo de Carmen... Si no hubiera sido por la oportuna intervención de su profesor de cálculo, Leo seguramente sería un artista muerto de hambre en aquellos momentos, dibujando en todos los papeles que podía encontrar y maldiciendo a su primera modelo. A su primera amante. Había estado tan obsesionado por reflejar sus formas sobre el papel, tan obsesionado por ella... Por suerte, su profesor le había abierto los ojos y le había augurado un futuro muy sombrío, parecido al de sus padres, si no dejaba de faltar a clase para dibujar a Carmen. Por suerte, él había escuchado y se había enfocado en su educación y después en Reynolds Capital Management. Se juró que no volvería a permitir que su personalidad obsesiva se centrara en nada que no fuera el éxito.

Lo sabía a ciencia cierta. En el momento en el que volviera a saborear a Daniella de nuevo, volvería a ocurrir. No pararía hasta que se hubiera saciado de ella. Y una vez no sería suficiente. Sería demasiado débil para centrarse en nada que no fuera ella.

–Gracias por el café. Ahora tengo que marcharme –dijo mientras se levantaba de la mesa.

–Antes de que te marches, tengo que hacerte un par de preguntas sobre la cena en honor a Tommy Garrett.

–Claro –repuso él. Volvió a sentarse.

Daniella se apoyó sobre la mesa y lo miró muy atentamente.

–¿Qué es lo que hace Garrett Engineering?

No le había preguntado qué vajilla debía usar o que tipo de comida debería servir, tal y como él había esperado.

–¿Y qué importa eso?

–Siento curiosidad. También porque me gustaría que me contarás más cosas del invitado principal. Podría llamar a su secretaria, pero quiero tu opinión. Me ayudará a planear el menú y la decoración.

La voz de Daniella tenía una cualidad hipnótica que lo atraída irremediablemente.

–Jamás lo habría pensado.

–Por eso estoy yo aquí –repuso ella con una sonrisa–. Cuéntamelo.

–Tommy es una especie de empollón adolescente –dijo Leo–. Es uno de esos genios de los negocios que lleva zapatillas Converse y sudaderas con capucha al trabajo. Tienes la misma probabilidad de que te hable de las estadísticas de la Xbox que de los principios de ingeniería, pero a nadie le importa, porque se graduó *summa cum laude* en Yale. Diseñó una modificación sobre el modo en el que la gasolina se consume en un coche que va a incrementar los kilómetros por cada litro de combustible casi al doble. Es algo revolucionario.

–Te cae bien.

–Sí –admitió él. Eso le sorprendió.

No había pensado en ningún momento si Tommy Garrett le caía bien o mal. A Leo le encantaban las finanzas y no le importaba que Tommy fuera el rostro de aquella aventura empresarial. Tommy tenía mucho espíritu, un ingenio muy rápido y, a pesar de las capuchas y de las sudaderas, una ética de trabajo que Leo respetaba profundamente.

–¿Cómo has deducido eso de lo que te he dicho? –le preguntó. Estaba muy impresionado.

–Lo he visto en la expresión de tu rostro.

Leo trató de fruncir el ceño, pero estaba disfrutando con aquella conversación casi tanto como con el sonido de la voz de Daniella.

–No importa que me caiga bien o mal. Nos asociaremos para ganar mucho dinero juntos y eso es lo principal. La cena es de máxima importancia. Tiene otro posible socio en el anzuelo y tengo que convencerle de que nos elija a nosotros.

–¿Qué porcentaje de su empresa ofreciste en la propuesta? –le preguntó. Él se quedó atónito y Daniella se echó a reír–. He leído cómo funciona este negocio. ¿Cómo voy a ayudarte a conseguir el trato si no sé de qué estoy hablando?

Tal vez debería haberse tomado una taza de café con su esposa mucho antes.

–Supongo que pensé que tú te ocuparías solo de los detalles de la fiesta y que yo me ocuparía de Garrett. Sin embargo, lo estoy reconsiderando.

Si dejaba que la formidable fuerza de Daniella se ocupara de Tommy Garrett, el pobre hombre se rendiría sin saber qué le había atacado.

–Hazlo, pero cuéntame más.

Daniella sonrió. Tenía una hermosa sonrisa, muy auténtica. A él le gustaba verla sonreír, pero también ser el causante de su alegría.

–Su diseño no solo valdrá para los motores nuevos, sino también se podrá ajustar en los que ya están en funcionamiento. Es algo casi milagroso. Es como si hubiera diseñado una manera sencilla de imprimir dinero.

–Parece que tienes mucha fe en ese invento. No me imagino por qué el señor Garrett elegiría a otro.

–Porque es un negocio. No se trata de nada personal. En realidad, me importa un comino lo que sea el producto mientras que el fabricante me elija a mí para llevarlo a cabo.

–Todos los negocios son algo personal, Leo –afirmó ella–. Si no te pasaras tanto tiempo en tu despacho, podrías descubrirlo por ti mismo.

–En mi despacho es donde mejor funciono...

–Pero en medio de las cosas es donde se encuentran las mejores experiencias.

A Leo le daba la sensación de que ya no estaban hablando de Tommy Garrett, y habían pasado a algo que él no quería reconocer en modo alguno.

–Gracias por el café. Ahora me voy a marchar a mi despacho –comentó mirando el reloj–. Si tienes más preguntas sobre la fiesta, no dudes en llamarme.

–Que tengas un buen día –le deseó ella–. No sé, Leo, pero me parece que acabamos de tener una conversación de amigos. ¿No te sorprende que no te haya matado?

No. La sorpresa vino cuando soltó una carcajada.

La sonrisa con la que ella le correspondió permaneció con él mientras se montaba en el coche. El depósito de gasolina estaba lleno. ¿Cuándo fue la última vez que se fijó en aquel detalle? Se dirigió a la oficina y, en vez de pensar en su trabajo, pensó en Daniella.

Por mucho que deseara ignorar a su esposa, no podía. Tenían un acuerdo, pero no parecía estar cumpliéndose. Ella era una mujer de verdad, no un trozo de papel. Ni una empleada. Y los acuerdos se podían dar por finalizados.

Estaba consiguiendo lo que había esperado de aquel matrimonio. Si quería que ella fuera feliz, tenía que ceder un poco. De otro modo, Daniella podría abandonarle. Una ligera inseguridad se apoderó de él cuando pensó en la posibilidad de perder a una mujer que encajaba tan bien en su vida. Una mujer que, en contra de lo previsto, le gustaba.

Amigos. No sonaba tan terrible. Probablemente podría tener una amistad con su esposa.

Capítulo Seis

Dannie canturreaba alegremente mientras redactaba los posibles menús y examinaba la lista de invitados que Leo le había mandado por correo electrónico. Saboreó una ligera sensación de triunfo cuando leyó el breve mensaje que había al final del correo.

«Preparas un café delicioso».

Canturreaba mientras esperaba poder hablar con la secretaria de Tommy Garrett y más tarde cuando examinó su listado de tareas. Se debía al hecho de haber conectado por fin con Leo de alguna manera, a pesar de que él le hubiera dejado claro que no le interesaba desarrollar su relación.

También se debía al hecho de haber encontrado por fin su hueco. De niña, siempre había deseado tener su propia casa. Por eso, estar a cargo de una le daba una sensación de éxito que le hacía feliz.

Cuando Leo entró por la puerta a las seis en punto con una sonrisa en los labios, Dannie sintió que se le hacía un nudo en la garganta.

–Pensé que podríamos cenar juntos –dijo él al ver lo sorprendida que se encontraba ella–. Si no tienes otros planes, claro está.

–Oh… –susurró ella. Por un instante, se quedó sin palabras–. Claro que no tengo planes. Se lo diré al cocinero.

Mientras se dirigía a la cocina, decidió que se debería cambiar de ropa. Y abrir una botella de vino.

Era la primera vez que iba a cenar a solas con Leo desde que se casaron. Prácticamente era como una cita. Mejor aún, porque había sido idea de él y había sido algo completamente inesperado. Quería estar impecable y que todo fuera tan agradable que él se muriera de ganas por repetir.

Ya en su habitación, abrió el armario. Se puso un vestido de cóctel negro con escote en uve, se puso los Louboutin más sexys que tenía y frunció el ceño al ver el estado de su cabello. Rápidamente, se lo cepilló y se lo recogió sobre la nuca.

Dadas las circunstancias, aquella era la mejor imagen que podía conseguir de la esposa que un hombre quisiera encontrar al regresar a casa. Bajó con cuidado las escaleras y se tomó su tiempo en la bodega para elegir un vino adecuado.

Metió la botella en una cubitera de hielo y lo dejó en el comedor para que se fuera enfriando hasta la hora de cenar. Examinó la mesa con cuidado y se ocupó de que todo estuviera colocado.

Por fin, el cocinero anunció que la cena estaba lista. Daniella fue a buscar a Leo y lo encontró en su despacho. Se había quitado la americana y se había remangado la camisa. Aquella imagen desaliñada de Leo era una de sus favoritas.

–La cena está lista –le dijo desde la puerta.

Él levantó la mirada sin mover la cabeza de un modo tan sexy que a Daniella le provocó una espiral de calor en el vientre.

–¿Ya?

Leo estuvo tecleando en el ordenador unos segundos más y luego lo cerró antes de ponerse de pie. Se dirigió hacia ella. Mantuvo una cierta distancia al ver que ella no se apartaba de la puerta.

–Estoy deseando tomar una comida casera. He estado tomando demasiada comida precocinada.

–¿Se trata solo de la comida? ¿La compañía no cuenta?

–Por supuesto que sí –repuso él. Algo se despertó en el fondo de sus ojos azules.

El calor se apoderó de ella. Aquella situación ofrecía toda clase de interesantes posibilidades. Se miraron el uno al otro durante un largo instante sin que él apartara la mirada. Entonces, Leo señaló hacia el pasillo.

–¿Vamos, señora Reynolds?

De algún modo, aquel apelativo resultaba más íntimo aún que haberla llamado Dannie. ¿Deliberado? Ella esperaba que así fuera.

Leo le colocó la mano en la espalda. Daniella sintió el contacto por todo su cuerpo. Parecía que algo había cambiado. ¿Tan bueno era su café?

Leo le sujetó la silla para que ella pudiera sentarse cómodamente y la ayudó a acercarse a la mesa. Después, sirvió hábilmente el vino.

Se sentó a su lado en vez de frente a ella.

–Así podremos hablar sin tener que gritar –bromeó.

¿Cuál era la intención de Leo? ¿La amistad que ella había esperado tan ansiosamente o simplemente un pequeño gesto hacia algo más?

Mientras tomaban las ensaladas griegas, ella comenzó a hablarle del progreso que había hecho con la fiesta. Cuanto más fluía el vino, más relajados se sentían los dos.

Cuando estaban ya casi terminando el pez espada, Daniella se atrevió a preguntarle lo único que se moría de ganas por saber desde la noche de su boda.

–¿Sigues dibujando?

Leo se quedó inmóvil.

–¿Cómo lo sabes?

–Me lo dijo tu madre.

–Me lo tendría que haber imaginado. Ella tiene todos los papeles que he tocado con un lápiz.

–¿Se trata de un tema delicado para ti?

–No –respondió él. Cortó con cuidado un trozo de pescado y lo masticó lentamente. Daniella se dio cuenta en seguida de que él no quería hablar de su arte.

–En ese caso no importa, no pasa nada –mintió–. Háblame de otra cosa entonces. ¿Por qué decidiste dedicarte a las inversiones?

Leo alegró la expresión.

–Si se te da bien, se puede ganar mucho dinero. Solo se tienen que reconocer las oportunidades.

–¿Y tú eres bueno?

Daniella ya conocía la respuesta, pero sentía curiosidad por lo que él pensaba.

–Soy competente, pero he cometido muchos errores.

–Bueno, todo el mundo comete errores y parece que tú te has recuperado de los tuyos bien. La reputación de Reynolds Capital no tiene parangón.

–Es un trabajo constante –dijo él con una sonrisa.

Daniella estaba fascinada por el modo en el que los ojos se le iban poniendo más azules. Se tomó el vino y apoyó la barbilla en una mano.

–¿Cómo reconoces las buenas oportunidades?

El cocinero vino a retirarles los platos y los reemplazó con los del postre. Se trataba de plátanos flambeados. Encendió el ron y lo apagó de un soplido antes de volver a marcharse. Leo probó el postre y murmuró con apreciación antes de disponerse a responder la pregunta de Dannie.

–Experiencia. Instinto. Gran parte del éxito es presentarse en el momento adecuado.

–¿Crees que tu trabajo es creativo? –le preguntó. Le agradaba que aquel postre le gustara.

–Supongo que en cierto modo. Sin apoyo, muchas ideas jamás verían la luz. Yo proporciono la plataforma para que otras personas den rienda suelta a su creatividad.

Eso era precisamente lo que había hecho con ella. Le había dado la oportunidad de ser precisamente lo que quería ser. Una esposa. Además, por fin parecía que Leo había cambiado de opinión sobre lo de conocerse mutuamente. Tal vez Daniella por fin consiguiera la relación que tanto deseaba.

–En ese caso, eres el que mueve los hilos.

–En absoluto. Yo nunca hago nada. Yo solo soy el dinero, no el talento.

–Claro tienes talento –protestó ella.

–Nunca has visto ninguno de mis dibujos…

–Me refería a que tienes talento para reconocer la oportunidad adecuada –dijo ella con una sonrisa–. Sin embargo, me da la sensación de que tienes mucho talento artístico también. Dibújame algo y te lo diré.

Sabía que le estaba presionando un poco. Sin embargo, quería conocerlo y aquel lado artístico tan misterioso la intrigaba.

–Ya no dibujo –dijo él en un tono de voz muy cortante.

Mensaje recibido. No habían conectado tan profundamente como ella había esperado, pero tan solo acababan de empezar. Tal vez algún día le abriría aquella parte de su personalidad.

–Has transformado tu arte a lienzos más grandes y mejores. Ahora estás creando arte con herramientas completamente diferentes.

Leo apartó la silla.

–Tal vez. Tengo trabajo que terminar. Gracias por la cena.

Leo se escapó, dejándola sin saber si debía abrir otra botella de vino para celebrar aquella exitosa cena o ahogar la desilusión.

Para ahogar su desilusión. Sin duda.

Localizó una botella de *pinot* y se llenó la copa casi hasta el borde. Entonces, llamó a su madre.

–Dannie –gritó su madre al responder–. Louise me lo acaba de decir. ¡Gracias!

–¿Gracias por qué?

–Por el crucero, tonta. ¡Las Bahamas! Estoy tan emocionada. No me lo puedo creer –exclamó su madre llena de alegría–. No me puedo creer que me hayas ocultado el secreto. ¡Eres muy mala!

–Es que no lo sabía –replicó Dannie confusa–. ¿De que crucero hablas?

–¿No lo sabes? Louise me ha dicho que Leo nos ha reservado un crucero de siete días para la próxima semana. Estaba segura de que tú se lo habrías sugerido. Bueno, dale las gracias de nuestra parte. En especial de la mía.

Dannie sintió como si una apisonadora le aplastara el corazón. Su esposo era un hombre lleno de detalles. Escuchó cómo su madre seguía hablando unos minutos más sin poder concentrarse en lo que ella le decía. ¿Significaban todos aquellos bonitos gestos que los sentimientos que Leo tenía hacia ella eran más profundos de lo él quería admitir? Ningún hombre hacía algo así sin un motivo.

Fuera lo que fuera, su marido le debía una respuesta sincera al respecto.

Tres copas de vino le dieron el valor que necesitaba. Fue a acorralar a Leo en su despacho.

Al oír que ella entraba, Leo levantó la mirada algo sorprendido. Daniella rodeó el escritorio y lo observó con una mirada penetrante.

–Háblame del crucero –le dijo.

Golpeó el respaldo de la silla de Leo con la cadera y la hizo girar para que él quedara frente a frente con ella y con las rodillas a ambos lados de las piernas de ella.

–¿Qué quieres saber?

–¿Vas a negar que has hecho algo agradable para mi madre?

–No. O sí, dependiendo de si a ti te parecía que era agradable, supongo.

–Es muy agradable. Ella está muy emocionada. Gracias.

Leo se reclinó en la butaca, como si tratara de distanciarse de la vibrante electricidad que emanaba de ella.

–¿Por qué pareces estar un poco… agitada?

–Sí, lo estoy –dijo ella acercándose un poco más a él, de manera que las rodillas rozaron el interior de los muslos de él–. No entiendo por qué nunca reconoces las maravillosas cosas que haces.

Leo la miró de arriba abajo.

–¿Y de qué serviría?

Leo resultaba muy frustrante. Ella lanzó un gruñido frustrado y le dio con el dedo en el pecho.

–Haces estas cosas y es casi como si prefirieras que yo no supiera que tienes esa manera de ser tan amable. Ya no cuela, Leo.

Él la obligó a apartar el dedo de su torso y lo agarró con fuerza con los suyos para apartarlo de su cuerpo en vez de soltarlo. Aquel contacto despertó en ella el recuerdo del beso que compartieron. El deseo se apoderó de ella.

–Tienes una imaginación muy activa –dijo él.

–Sí, lo entiendo. Eres un hombre de negocios cruel y de sangre fría que prefiere que lo encuentren muerto a permitir que unos estudiantes se enteren de tu nombre. ¿Qué hay que hacer para sacarte al centro de la pista, al centro de tu propia vida?

Leo se tensó y se levantó muy lentamente de su butaca invadiendo el espacio de Daniella.

–Me gusta estar en la sombra.

Los dos se miraron. Estaban frente a frente. La tensión era casi palpable.

–¿Por qué has reservado un crucero para mi madre?

Leo se encogió de hombros.

–Pensé que le gustaría.

–No me estás contando toda la verdad. Lo has hecho por mí.

–¿Y si así fuera?

El pulso de Daniella se aceleró.

–Bueno, me sorprende que lo admitas. Antes de que te des cuenta, nos estaremos comprando tarjetas de cumpleaños el uno al otro y nos iremos juntos de vacaciones. Como hacen las parejas de verdad.

–No creo que debamos excedernos ahora… –dijo él levantando la mano.

Daniella dio un paso al frente y dejó que Leo le apoyara la mano en el escote. La piel le ardía con el contacto. Quería vincularse a su esposo del modo más elemental posible. Completar el viaje de A a B y ver qué era realmente lo que podían tener juntos.

–Me gusta excederme…

–¿Tienes una respuesta para todo? –le preguntó él. Dobló ligeramente los dedos y se los clavó en la piel.

–Si no te gusta lo que tengo que decir, haz que me calle.

La expresión del rostro de Leo se volvió muy carnal. No dejaba de mirarla mientras deslizaba un dedo entre el valle de los senos de Daniella y lo enganchaba en la tela del vestido. De repente, tiró de ella y capturó sus labios con un beso abrasador.

Daniella se dejó llevar. Se fundió con él en un beso mientras Leo la estrechaba entre sus brazos para darle por fin lo que ella llevaba buscando desde que entró en el despacho.

Estaba tan ansiosa de él que, tras exhalar un gemido, inclinó ligeramente la cabeza y le separó los labios con los suyos. Entonces, se hundió en el calor de su boca, buscando la lengua con la suya. Leo le dio lo que deseaba con unos rápidos y apasionados lametones.

Daniella sintió que la necesidad se apoderaba de ella. Comenzó a acariciarle la nunca al sentir que la mano de él se deslizaba por debajo del vestido para tocarle la parte posterior del muslo.

Sí… En lo que se refería a técnicas de seducción, Leo podría dar clases.

El suave algodón de la camisa se deslizó por sus dedos mientras le acariciaba los músculos de la espalda. El cuerpo de su esposo era duro y fuerte.

El beso se profundizó y la mano subió un poco

más, haciendo saltar las chispas a su paso. Ella inclinó un poco las caderas hacia delante a modo de silenciosa invitación, suplicándole que llevara los dedos donde tanto deseaba.

Sin embargo, él se apartó y le dio la vuelta para que mirara la pared. El firme torso quedó completamente pegado a la espalda de ella.

–Daniella –le murmuró al oído mientras con la yema de los dedos trazaba la línea de la cremallera del vestido–, voy a bajártela para poder saborear cada centímetro de tu piel hasta que los dos no podamos pensar siquiera. ¿Es eso lo que quieres?

El deseo se apoderó de ella. Sin poder evitarlo, se echó a temblar.

–Solo si me llamas Dannie mientras lo haces.

Leo ahogó un gemido y la apartó de su lado.

–No puedo hacerlo…

–No me digas que no me deseas –susurró ella. Estaba tan cerca… Se dio la vuelta y le señaló la abultada entrepierna con la barbilla–. Sé que no es cierto. No besas así a una mujer a menos que la desees.

–Ese es el problema. Quieres que tenga un significado muy distinto al que tiene para mí. Preferiría no desilusionarte y así va a ser como vas a terminar. El hecho de hacer el amor no va a cambiar el hecho de que mañana yo voy a volver a marcharme al trabajo al alba. Hasta que los dos seamos capaces de vivir con eso, prefiero que te retires.

Estaba negándose a estar con ella, aunque con una buena razón. Leo le estaba diciendo que no quería tratarla como si fuera una aventura de una noche.

–Está bien –dijo ella–. Me marcho.

Necesitaba refrescarse la cabeza, y otras partes de su cuerpo, ante aquel inesperado giro.

Leo se mesó el cabello con una mano.

–Buenas noches –le dijo con expresión dolida.

–Ha sido la mejor cita que he tenido nunca...

Tras decir aquellas palabras, Dannie se marchó del despacho, planeando ya cómo podía romper un poco más la barrera que protegía el maravilloso corazón que sabía que había al otro lado.

Capítulo Siete

El tacto sedoso del muslo de Daniella estuvo turbando a Leo durante días.

Daba igual el número de hojas de cálculo que abriera en el ordenador ni cuántas propuestas tuviera sobre la mesa. Tampoco importaba que durmiera en el despacho. El sueño no le proporcionaba descanso alguno porque su esposa invadía su subconsciente para ser la protagonista de sus sueños eróticos.

Hacía cuatro días que no la veía, pero el aroma a fresas aún le turbaba el sentido del olfato.

De repente, alguien chascó los dedos frente a su rostro. Era la señora Gordon, que lo observaba por encima de sus gafas de cerca.

–He dicho su nombre cuatro veces.

–Lo siento. La noche ha sido muy larga.

–Porque ese sofá es demasiado corto para un hombre grande y fuerte como usted.

Leo sonrió.

–¿Está flirteando conmigo?

–Depende. ¿Cuántos problemas tiene en casa? ¿Tantos como para que hasta una anciana le parezca adecuada en estos momentos?

–No tengo problemas en casa. Además, ¿qué es

exactamente lo que quiere decir con eso? ¿Acaso cree que me han echado de casa?

–Tiene problemas. Lo lleva escrito en la cara.

–Eso es ridículo –replicó Leo mientras se frotaba la mandíbula, aunque ni por un segundo se le ocurrió que pudiera borrar lo que la señora Gordon estuviera viendo allí.

–Se ha olvidado de su cumpleaños, ¿verdad? –le preguntó la señora Gordon.

«Antes de que te des cuenta, nos estaremos comprando tarjetas de cumpleaños el uno al otro».

–Nuestro matrimonio no es así.

La señora Gordon frunció los labios. Aquella era su manera favorita de recordarle que lo conocía muy bien.

–¿Por qué me da la sensación de que su esposa y usted tienen opiniones opuestas al respecto?

Leo suspiró y sintió que el nudo que tenía en el estómago le apretaba un poco más porque la señora Gordon tenía razón.

–¿Ha tenido ya noticias del equipo de Tommy Garrett?

–No cambie de tema. Si hubiera tenido noticias, se lo habría dicho y usted lo sabe. Igual que sabe que tiene un problema en casa que debe solucionar más pronto que tarde. Yo llevo treinta años casada. Sé muy bien lo que pasa. Siga mi consejo. Cómprele unas flores y duerma esta noche en su cama.

Se había colocado en una posición imposible. Ella quería una intimidad que él no podía darle.

No quería hacerle daño. Había pensado que con la amistad podría ser suficiente, pero los amigos aparentemente hablaban de aspectos de sí mismos que él no podía compartir.

¿Cuánto tiempo seguiría Dannie manteniendo la paciencia antes de encontrar a alguien que le diera lo que ella quería? Las mujeres de su vida normalmente solo duraban unos dos meses antes de rendirse.

A las nueve de la noche, Leo ya no podía seguir discutiendo contra la lógica de su secretaria. Su cuerpo amenazaba con desmoronarse por el cansancio, pero no podía ni pensar en tumbarse en el sofá.

¿Qué estaba consiguiendo con evitar a Daniella?

Era un cobarde. Mientras no volviera a besarla, tenía muchas posibilidades de poder controlarse. Por supuesto, el verdadero problema era que, en el fondo, no quería hacerlo.

Se dirigió hacia su casa. Al llegar, vio que las luces brillaban tan relucientes como siempre.

Daniella no estaba en la planta baja. Bien. Esperaba que estuviera dormida ya en su habitación. Así podría llegar hasta su dormitorio sin encontrarse con ella. Con mucho sigilo, subió las escaleras y entró en su dormitorio. No encendió las luces.

Se golpeó la pierna contra algo pesado que le hizo perder el equilibrio. Lanzó una maldición y extendió las manos para parar el golpe contra el suelo, pero se topó con lo que le había derribado en un principio.

De repente, la habitación se iluminó desde la lámpara que tenía sobre su mesilla de noche.

–¿Te encuentras bien? –le preguntó Daniella.

Leo levantó la cabeza muy sorprendido.

–¿Qué estás haciendo aquí? ¿Por qué estás en mi cama?

Daniella tenía el cabello recogido en una coleta y parecía estar muy adormilada.

–Ahora es también mi cama. Me he mudado a tu dormitorio. Si vinieras a casa alguna vez, te habrías enterado de que he cambiado de sitio los muebles.

El dolor que tenía en la espinilla rivalizaba con el dolor de cabeza que se le estaba formando.

–Yo no… Tú no… no tenías ningún derecho a hacer algo así.

Daniella lo miró durante un instante. Estaba muy hermosa sin maquillaje.

–Tú dijiste que debería considerar que esta es mi casa. Que estarías dispuesto a hablar sobre todo lo que yo quisiera cambiar.

–Exactamente… Hablar…

La firmeza con la que ella había cruzado los brazos le indicó a Leo que ella lo habría hecho de buen grado si él no se hubiera estado escondiendo en su despacho.

–Estás sangrando.

Daniella se levantó de la cama y se acercó a él para darle la mano. Dado que ella llevaba puestos unos pantalones de pijama muy bajos sobre las caderas y una minúscula camiseta que dejaba al descubierto todo el abdomen, tener un poco de sangre era el menor de sus problemas.

—Y tú estás helada —musitó él mientras trataba de no mirarle la camiseta, que a duras penas podía contener los erectos y deliciosos pezones.

Demasiado tarde. El deseo se apoderó de él, tensándole incómodamente los pantalones. ¿Es que no podía Daniella ponerse ropa que fuera de su talla? ¿Tal vez una armadura?

—Estoy bien —replicó ella. Le tiró de la mano para ayudarle a levantarse—. Vamos al cuarto de baño. Deja que te ponga algo sobre ese corte.

—No es nada grave. Regresa a la cama. Yo dormiré en otro lado.

Como si tuviera posibilidad alguna de poder dormir aquella noche. La adrenalina se había apoderado de él. Ansiaba tomarla entre sus brazos, tirar del lacito que sujetaba a duras penas los pantalones por debajo del ombligo y dejar que cayeran al suelo. Un paso y podría tenerla entre sus brazos...

Trató de apartarse, pero ella siguió tirándole de la mano.

—Leo…

Los senos se irguieron con el largo suspiro. En voz muy baja, murmuró algo sobre él que no sonaba muy parecido a un cumplido.

—Te ruego que me dejes ayudarte. Es culpa mía que te hayas hecho daño.

Y también era su culpa que Leo tuviera una erección del tamaño de la ciudad de Dallas. Sin embargo, Daniella no tenía la culpa de que él la hubiera estado evitando y, por ello, no saber qué era lo que ella había hecho con su dormitorio.

–Está bien.

Leo la siguió al cuarto de baño y se percató que se habían añadido muchos botecitos y tarros.

Daniella le lavó el corte y se lo secó. Le gustaba aquella Daniella tan atenta que se estaba ocupando de él en aquellos momentos.

–Ya está –dijo ella golpeándole cariñosamente la mano.

Entonces, se inclinó para recoger las tiritas bajo el lavabo, lo que provocó que el pantalón se le tensara en la zona del trasero. Este quedó a pocos centímetros de la erección de Leo, tanto que él prefirió cerrar los ojos.

–Sobre lo de compartir dormitorio… –comenzó él.

Ella le rozó la piel para que abriera los ojos. Los dos se miraron a través del espejo.

–¿Me vas a cantar las cuarenta? –le preguntó ella–. ¿O vas a considerar las posibilidades?

–¿Y cuáles son esas posibilidades?

En el instante en el que pronunció aquellas palabras, deseó poder hacerlas desaparecer.

–Tú trabajas cien horas a la semana. Nuestros caminos no se cruzarían jamás a menos que lo hagamos aquí –dijo ella señalando el dormitorio–. Así, los dos conseguimos lo que queremos.

Bajo la brillante luz del cuarto de baño, la camiseta dejaba muy poco a la imaginación. Por supuesto, él ya sabía el aspecto que tenía su seno desnudo, pero no por eso deseaba no volver a verlos, preferiblemente sin interrupciones en aquella ocasión.

–¿Y qué crees tú que quiero?

–Me quieres a mí –replicó ella volviéndose para mirarle cara a cara–. Todos los beneficios sin ningún esfuerzo, o por lo menos eso es lo que dices tú. No te creo. Si quisieras eso, mi vestido no habría permanecido abrochado más de cinco segundos después de cenar. Compartir el dormitorio te ofrece la posibilidad de decidir por qué dejaste que me marchara. No interferiría con tu horario de trabajo y me da a mí la oportunidad de forjar la amistad que deseo antes de que empecemos una relación física.

–¿Me estás diciendo que serías como una especie de compañera de cuarto?

–Pareces desilusionado. ¿Te gustaría que te hiciera una propuesta mejor?

Dios santo. Daniella debería estar negociando sus contratos en vez de su abogado.

–Me estás volviendo loco. No. Peor que loco –susurró Leo mientras se sujetaba la cabeza.

–¿Qué te parece si probamos una semana? Entonces, si sigues pensando que el sexo complicaría nuestro matrimonio, me volveré a mi dormitorio. Te prometo que controlaré las manos… Si tú prometes lo mismo.

La espinilla no le dolía tanto como la entrepierna.

–¿De verdad me estás sugiriendo que compartiéramos una cama platónicamente?

–Sí. Demuéstrame que piensas que nuestro matrimonio lo merece. Compartir el dormitorio es el único modo en el que conseguiremos resolver esta situación, a menos que pienses empezar a trabajar menos. No resulta muy ortodoxo, pero estar casado con un adicto al trabajo me ha obligado a ser más creativa, por decirlo de algún modo.

Leo tenía que admitir que era bastante creativo. Y eso le dio precisamente donde más le dolía, justo en el lugar donde residía todo su sentimiento de culpabilidad. Si quería ser feliz en aquel matrimonio y seguir adelante con él, tenía que demostrarlo.

La lógica no le dejó más opción que aceptar. A pesar de que era una locura.

–¿Qué vas a hacer, Leo? –le preguntó ella mientras lo observaba con sus seductores ojos castaños.

De algún modo, Daniella hacía que pareciera que él tenía todas las cartas en la mano, como si lo único que tuviera que hacer él fuera susurrar unas cuantas frases románticas al oído de su esposa para que ella fuera masilla entre sus manos. Ojalá fuera tan fácil.

–Probemos –insistió ella–. ¿Qué es lo peor que puede ocurrir?

–Estoy seguro de que estamos a punto de descubrirlo.

La fatiga después de varias noches de insomnio y el deseo de evitar el plan B que pudiera tener su esposa si decía que no hicieron que se quitara la ropa para quedarse en camiseta y bóxer y meterse en la cama junto a la mujer que lo cegaba de deseo tan solo con respirar a su lado. La mujer a la que había prometido no tocar.

Solo por hacerla feliz. Solo por unos días. Solo para demostrar que no era débil.

Se quedó dormido inmediatamente.

A la mañana siguiente, Dannie se despertó bastante contenta, pero algo incómoda. Se había pasado la noche agarrada al borde de la cama, para no rodar por accidente hacia el lado de Leo. O hacia Leo.

Probablemente, ya lo había torturado lo suficiente.

Sin embargo, su fuerza de voluntad no era tan resistente como había pensado. Tenía a su marido a pocos centímetros, profundamente dormido. El despertador de su teléfono había sonado hacía ya una hora, pero él ni siquiera se había movido. ¿Quién era ella para despertarle cuando resultaba tan evidente que necesitaba dormir? Una buena esposa se aseguraba siempre de que su marido estuviera descansado.

Lo que veía también tenía mucho que ver con su decisión.

Dios Santo... Era tan guapo... Las pestañas negras le ensombrecían los pómulos y el cabello revuelto descansaba sobre la almohada. ¿Cómo había podido convencerle para que durmiera en la misma cama que ella sin tener intimidad alguna? Había dado por sentado que se pelearían y que él la echaría del dormitorio, decidido completamente a ignorar sus propias necesidades. Sin embargo, en vez separarse de nuevo de ella, había cedido a todo lo que ella le había propuesto.

Si el hecho de compartir dormitorio funcionaba tal y como ella esperaba, al menos se despertarían juntos. Tal vez él llegara a la conclusión de que se estaba mintiendo sobre lo que realmente quería de aquel matrimonio y se daría cuenta de lo profunda que era ya su implicación en aquel asunto.

Tendrían intimidad, tanto física como mental. Daniella lo estaba deseando.

Se levantó de la cama y se dio una larga ducha, durante la que fantaseó con todas las delicias que Leo le haría cuando por fin la sedujera. Y ese momento estaba muy cerca. Lo presentía.

Al salir del cuarto de baño, vio que Leo estaba sentado ya, frotándose la nuca. La boca se le secó ante aquella imagen. Incluso con una camiseta, irradiaba masculinidad.

—Buenos días —dijo ella alegremente.

—¿Qué ha pasado con mi despertador? —le preguntó él. No parecía estar muy contento.

—Se apagó después de sonar durante diez minutos.

—¿Y por qué no me despertaste?

—Lo intenté —mintió mientras hacía aletear las

pestañas–. La próxima vez, ¿quieres que sea un poco más creativa?

–No –replicó él. Resultaba evidente que había interpretado la pregunta de Daniella enfocándolo desde el modo más sucio y sexual posible.

–Me refería a echarte un vaso de agua en la cara. ¿Qué es lo que habías pensado?

Leo hizo un gesto de desaprobación.

–Entonces, ¿esto es lo que hacen los compañeros de habitación?

–Sí. Hasta que quieras otras cosas.

Con eso, se marchó para ocuparse de los últimos detalles de la cena para Tommy Garrett. Se iba a celebrar al día siguiente por la noche y Daniella haría lo que fuera para asegurarse de que era un éxito.

Leo bajó un rato más tarde, se despidió de ella y se marchó a trabajar.

Aquella noche, cuando entró en el dormitorio, la mirada cautelosa que le dedicó a Daniella le indicó que llevaba preparándose todo el día para aquel momento.

–¿Ocupada? –le preguntó relajadamente.

Dannie dejó su libro electrónico en la mesilla y se cruzó de brazos.

–En absoluto. Por cierto, te he recogido lo de la tint...

–Muy bien –repuso él.

Dejó el maletín encima de una butaca y la miró de arriba abajo. Entonces, se quitó la americana y la corbata.

–Anoche me pillaste en desventaja. Tenía otras cosas en la cabeza, por lo que pasé por alto un par de puntos muy importantes sobre este asunto de dormir juntos.

–¿Sí? ¿De qué se trata?

Daniella se quedó boquiabierta cuando él empezó a bajarse los pantalones para luego desabrocharse la camisa. ¿Qué había hecho ella para merecerse algo así? Porque volvería a hacerlo catorce veces seguidas en lo sucesivo.

–Para empezar, ¿qué pasa si yo no puedo contener las manos?

La camisa cayó al suelo, casi lo mismo que la mandíbula de Daniella.

Entonces, vestido tan solo con calzoncillos, se metió en la cama. Daniella trató de apartar la mirada del escultural torso para centrarla en el rostro de Leo. En él se adivinaba una sonrisa burlona, como si hubiera adivinado perfectamente lo que ella estaba pensando. Las mejillas le ardían.

–¿Que te regañaría? –replicó ella. Al ver cómo él se reclinaba sobre las almohadas, tragó saliva. Él se colocó las manos detrás de la cabeza–. Es decir, no sería muy deportivo de tu parte.

–Entendido. ¿Y si eres tú la que no puede contener las manos?

Leo estaba jugando con ella, ver si podía romper el voto de castidad.

–Te pido que seas muy clara para que yo no me meta en la cama de nadie y empiece a cambiar las reglas.

En realidad, aquel proyecto de cambio de escenario estaba funcionando mucho mejor de lo que ella había pensado. Al menos, estaban hablando. Su relación estaba en un cruce de caminos y era Leo el que tenía que decidir qué camino tomar.

–No hay reglas –le dijo ella–. No tengo una lista de castigos preparada por si decides que no te parece bien que seamos compañeros de habitación. Tú eres el que lleva la voz cantante. Tú fuiste el que lo paró la otra noche después de cenar. Me dijiste que me fuera y lo hice, a pesar de que no era lo que queríamos ninguno de los dos.

–¿Sí? –le preguntó él mientras trazaba perezosamente la línea del hombro de Daniella con mucho cuidado de no tocarle la piel. Sin embargo, estaba tan cerca que el calor que emanaba de su dedo le erizaba el vello de la piel–. ¿Qué habrías preferido que te dijera yo que hicieras?

–Nada de juegos, Leo –replicó ella mirándole directamente a los ojos–. Nos estoy dando la oportunidad de desarrollar una amistad, pero también admito abiertamente que te deseo. Deseo tu boca sobre mí. Aquí –añadió. Se señaló, igual de perezosamente que él, el seno. Entonces, trazó una línea sobre él y le rodeó el pezón–. Lo deseo tanto que casi no lo puedo soportar.

Daniella lo observaba atentamente. Entonces, sintió que se licuaba por completo al ver cómo la mirada de Leo se oscurecía pecaminosamente.

–¿Nada de juegos? –preguntó él–. Entonces, ¿qué ha sido eso?

–Hablar claro. Tú me deseas. Entonces, ven a por mí. Desnúdate emocionalmente, lo mismo que lo has hecho físicamente, para que podamos ver lo fantástico que puede ser lo que hay entre nosotros.

–¿Y eso es todo? No pides mucho.

–En ese caso, olvídate de lo que te he dicho. No tenemos por qué seguir esperando un vínculo que no se va a producir nunca. Si alguno de los dos pierde el interés, todo esto queda cancelado –dijo ella. Entonces, se reclinó de nuevo sobre la almohada y extendió los brazos–. Tómame ahora. No me quejaré. Tendremos sexo, será maravilloso y luego yo me iré a dormir.

Leo no se movió.

–¿Qué te pasa? –le desafió ella–. Es solo sexo. Seguramente has disfrutado antes del sexo. No se requiere cerebro para ello. No me cabe la menor duda de que un hombre con tu evidente… talento puede hacerme llegar al orgasmo en un abrir y cerrar de ojos. De hecho, lo estoy deseando. Estoy muy caliente, Leo. No me hagas esperar ni un segundo más.

–Esto no tiene ninguna gracia. Deja de comportarte de este modo tan ridículo.

A Leo no le gustaba que le acorralaran con su propio juego.

Daniella abrió los ojos de par en par.

–¿Acaso has pensado que estaba bromeando? No es así. Estamos casados. Los dos somos personas adultas. Los dos hemos demostrado un saludable interés por desnudar al otro. Al final, llegaremos a hacerlo. De ti depende la clase de experiencia que sea.

–¿Y por qué depende de mí?

Pobre Leo. Si no se daba cuenta de que ella no tenía elección alguna, no sería ella quien se lo dijera. Leo tenía que descubrirlo solo. Además, él era quien tenía la crisis de conciencia que le impedía hacerle el amor a Daniella hasta que ocurriera algo que probablemente ni siquiera él sabía de qué se trataba.

Sin embargo, Dannie sabía exactamente lo que él necesitaba. Debía dejarse llevar. Ella explotaría aquella situación de buen grado para conseguir el matrimonio que tan desesperadamente quería y ayudarle a él a encontrar el afecto y la afinidad que tan claramente ansiaba.

Daniella sonrió.

–Porque yo… –dijo. «Ya estoy implicada emocionalmente»–. Soy así de generosa.

Daniella iba a hacer todo lo que pudiera para sacar a Leo de su rincón, aunque fuera gritando y pataleando, para conseguir la unión amorosa que, en su corazón, presentía que Elise había ideado.

Capítulo Ocho

A las nueve en punto, la fiesta estaba en pleno apogeo. Para todo el mundo, parecía ser un éxito total, excepto para Leo. En una hora no le había dicho más de dos palabras a Dannie.

Ella trató que aquel hecho no le preocupara demasiado. Iba de grupo en grupo, asegurándose de que todo el mundo tenía llena la copa y de que no faltaba un tema de conversación. Al final, la lista de invitados había recogido veinticinco nombres. Nadie había rechazado la invitación.

Como la secretaria de Tommy mencionó el amor que él tenía por Oriente, resultó muy fácil encontrar la ambientación de la fiesta. Cometas chinas colgaban del techo, proporcionando un toque de color al austero salón. Un dragón de papel maché adornaba la mesa del bufé, lanzando fuego sobre la *fondue* a intervalos regulares.

Le habría gustado escuchar algún comentario favorable de Leo con respecto a la fiesta o al aspecto que ella tenía. Se había vestido con un traje de lentejuelas negras que le había costado mucho encontrar. Por suerte, le sentaba fenomenal.

Sin embargo, nadie parecía haberse dado cuenta.

Cuadró los hombros y sonrió a los invitados, decidida a ser la anfitriona que Leo esperaba.

De vez en cuando tenía una sensación ardiente en la espalda. Cuando se volvía, siempre se encontraba con los ojos azules de Leo observándola. La expresión de su rostro resultaba algo peligrosa.

El plan de compartir dormitorio había resultado ser un desastre. Leo lo odiaba. Ese tenía que ser el problema, aunque Daniella no podía estar segura, dado que el mutismo de Leo había sido absoluto. ¿Estaba esperando a que pasara la fiesta para decirle que se marchara por donde había llegado?

Daniella se dio la vuelta y se encontró cara a cara con Dax Wakefield, el amigo de Leo.

–¿Estás disfrutando de la fiesta? –le preguntó ella alegremente.

–Sí, gracias. El bufé es maravilloso –respondió Dax, aunque el tono de su voz era gélido.

Daniella se dio cuenta de que Dax no iba acompañado de ninguna mujer. ¿Acaso ya no estaba saliendo con Jenna o Leo le había pedido que no la llevara para proteger a Daniella?

–Me alegro mucho –dijo ella. No obtuvo respuesta alguna. Tal vez Dax era distante con todo el mundo–. Enhorabuena de nuevo por el premio de alumno distinguido. Leo me ha asegurado que es un premio bien merecido.

–Gracias. Tardé un poco más que Leo en conseguirlo, pero nuestras empresas son muy diferentes.

¿Qué significaba eso? Daniella no podía comprender del todo lo que ocurría, pero notaba una cierta hostilidad hacia ella. Tenía un problema. Dax y Leo eran viejos amigos y una esposa ocupaba para ellos un segundo plano. ¿Sería Dax el origen del silencio al que la estaba sometiendo su esposo?

–Bueno, tu emporio de los medios de comunicación resulta bastante impresionante. Nosotros vemos tu canal de noticias con regularidad.

Dax sonrió, pero un escalofrío le recorrió los hombros a Daniella. Si Leo quería que todo el mundo pensara que era un hombre de negocios frío y cruel, debía tomar unas clases de su amigo.

Uno de los camareros llamó discretamente la atención de Daniella y ella se aferró inmediatamente a la oportunidad para escapar.

–Ahora, si me perdonas, el deber me llama.

–Por supuesto.

Dax se puso inmediatamente a hablar con Miles Bennett. Por su parte, el camarero le dijo a Daniella que había un problema en la cocina, porque se habían roto varias botellas de champán, lo que Daniella solucionó recurriendo a las reservas que Leo tenía de Meunier&Cie, un champán rosado de gran calidad.

Decidió servir dos copas e ir a buscar a Tommy Garrett. Cuando lo encontró, estaba solo junto a la escalera. Le entregó una copa de champán.

–Pareces sediento –le dijo–. Hazme un favor y bébete este champán. Finge que es cerveza.

El joven se apartó la melena rubia del rostro.

–Me has leído el pensamiento –respondió–. Hablar con toda esta gente me ha secado por completo la boca –añadió. Se tomó de un trago la mitad de la copa–. Gracias, señora Reynolds… Lo siento. Dannie. Se me había olvidado. Las mujeres hermosas hacen que se me trabe la lengua.

–¿Te funciona de verdad esa manera de ligar, tan típica de un cerebrín? –comentó ella riendo.

–Más de lo que yo habría imaginado, pero creo que esta noche no va ocurrir –suspiró Tommy dramáticamente. Entonces, se acercó a Danielle para susurrarle al oído–. ¿Quieres ver mis transportadores de ángulos en alguna ocasión?

Ella soltó una carcajada. Tommy le caía bien.

–Vaya, vaya… Thomas Garrett… Deberías avergonzarte de ti mismo por tratar de ligar con una mujer casada…

–Debería estarlo, pero no lo estoy. De todos modos, no podría separarte de Leo ni con una palanca, ¿verdad? –preguntó él esperanzado.

–No –le aseguró ella–. Me gustan los hombres más maduros, pero te doy permiso para seguir intentándolo.

Tommy se llevó la mano al pecho y fingió que se le había partido el corazón.

–Qué dolor… Creo que puede que haya hasta sangre.

De repente, Leo se materializó al lado de Daniella. Le puso la mano en la cintura. Ella tuvo que contener un temblor para que él no se diera cuenta de que un gesto tan sencillo podría afectarle de tal modo. ¿Por qué había tenido que ponerse un vestido con un amplio escote en la espalda?

–Hola, Leo –le dijo Tommy levantando la copa a modo de saludo–. Una fiesta estupenda. Dannie me estaba contando lo mucho que le gustan los transportadores de ángulos.

–¿De verdad? –comentó Leo. Su voz resultaba más suave que el whisky que tenía en la mano.

Daniella jamás había escuchado a Leo hablar de ese modo. Se giró para mirarle y estuvo a punto de dar un paso atrás al ver el letal brillo que había en los ojos de su esposo. ¿Estaría dirigido a ella o a Tommy?

–Transportadores de ángulos. Sí. Hacen su trabajo, ¿verdad? Igual que Leo. Piensa en él como si fuera un transportador y a su rival, Moreno Partners, como si fuera una regla. ¿Por qué no utilizar la herramienta adecuada para el trabajo desde el principio?

Tommy la miró fijamente.

–Moreno es bastante recto y algo estrecho en su manera de trabajar. Tal vez sea eso lo que yo necesito.

–Oh, no… Reynolds es quien te puede ayudar de verdad. Leo lleva más tiempo dedicándose a esto que Moreno. Tiene muchos contactos. Experiencia. Supongo que sabes que Leo también tiene un título de ingeniería, ¿verdad?

Leo bajó la mano un poco más y deslizó el dedo meñique en el interior del vestido, de manera que pudo tocarle suavemente la parte superior de las braguitas. Dannie sintió que el cerebro se le licuaba hasta las suelas de sus deslumbrantes Manolos y se olvidó de mencionar que, en realidad, él tenía dos títulos, el de Empresariales y el de Ingeniería.

–Daniella –murmuró él–, ¿te importaría ir a ver a la señora Ross? Estaba paseando por la salida al jardín y me temo que pueda terminar en la piscina.

–Por supuesto.

Dannie sonrió a Tommy y luego a Leo y se marchó a realizar la tarea que Leo le había encomendado para no tener que decirle delante de un posible socio que él se ocupaba de sus relaciones públicas. Mientras acompañaba a la señora Ross al bufé, no dejaba de observar a Leo y a Tommy. Los dos hombres aún seguían junto a las escaleras. La expresión de Leo había perdido por fin la tensión que ella quería entender tan desesperadamente.

Si Daniella había ido demasiado lejos en la idea de lo de compartir dormitorio, ¿por qué no se lo decía sin más?

Aquella fiesta servía para medir lo eficaz que ella era capaz de realizar su trabajo y lo mucho que podía contribuir al éxito de Leo. Eso, unido a la tensión constante que vibraba siempre entre ellos, había provocado que los nervios de Dannie se encontraran a punto de estallar.

Dannie acompañó al último invitado a la puerta y se pasó unos largos treinta minutos con los empleados ocupándose de los detalles posteriores a la fiesta.

A Leo no se le veía por ninguna parte.

Sobre la medianoche, Dannie por fin llegó al dormitorio que compartía con él con la última botella de champán. La llevaba ya descorchada y tenía la intención de compartirla con él para celebrar así el éxito de la fiesta. Estaba segura de que Leo sería de la misma opinión. Si no era así, esperaba que él le explicara el porqué.

La habitación estaba completamente a oscuras. Ella dejó la botella de champán y las dos copas sobre la cómoda y encendió la lámpara que había en un rincón. Después, se apoyó contra la pared para desabrocharse la hebilla de uno de los zapatos.

–Deberías dejártelos puestos –dijo Leo. De nuevo, su voz resultaba tan sedosa como el whisky.

Ella se dio la vuelta y lo vio sentado en el sofá, con la corbata desanudada y la camisa desabrochada.

–¿Qué haces ahí sentado a oscuras?

–Parecía lo más apropiado para mi estado de ánimo –respondió él. Su voz sonaba a advertencia.

–¿Quieres que apague la luz?

Leo la contempló durante un largo instante.

–¿Crees que la oscuridad te ayudaría a fingir que yo soy Tommy Garrett?

Daniella no se pudo contener. Soltó una sonora carcajada. Entonces, agarró la botella y le dio un buen trago para después secarse los labios con el reverso de la mano.

–¿Estás celoso?

–¿Y qué debería sentir cuando veo a mi esposa flirtear con otro hombre?

–¿Gratitud, tal vez? Le he estado dorando la píldora por ti.

Fue Leo quien soltó la carcajada.

–Entonces, ¿quieres que le llame a ver si le apetece que hagamos un trío?

No solo no estaba contento con la fiesta que ella había organizado sino que, además, se había transformado en un marido posesivo. Daniella lo miró atónita. Decidió quitarse el otro zapato por si tenía que salir corriendo.

–¿Estás borracho?

–No lo suficiente –musitó él–. Dado que esta noche te has mostrado tan generosa con tus favores, tal vez me harías uno a mí.

–¿Cuál? –le preguntó ella mirándolo con suspicacia.

–Mostrarme lo que llevas debajo del vestido.

Ciertamente, Daniella jamás habría pensado que eso era lo que él le iba a pedir. Decidió que necesitaba urgentemente otro trago de champán. Se lo tomó de nuevo directamente de la botella y volvió a dejarla sobre la cómoda.

–¿Por qué? ¿Acaso quieres reafirmar tu posesión? Creo que los celos no son una razón lo suficientemente buena como para que yo me desnude ante ti.

–¿Y cuál lo sería?

–Diamantes. Un viaje a Bora Bora. Un Jaguar… Las cosas típicas con las que se compra a una mujer.

–¿Y si yo te… llamara Dannie? –susurró él. Aquella voz sedosa se deslizó por la espalda de ella y prendió fuego al centro de su feminidad–. Es la clave para la intimidad, ¿no te parece? A Tommy le dejas que te llame así. Los dos parecíais muy íntimos…

Dannie lanzó una maldición. ¿Cómo se atrevía a acusarla de coquetear con Tommy?

–Tiene veinticuatro años, Leo. Podría ser su… hermana mayor. Deja de comportarte de este modo.

–Entonces, ¿ese es el único pero que le pones a Tommy? ¿Su edad? –le preguntó Leo. Se levantó del sofá y se acercó a ella–. ¿Y Dax? Él es de mi edad. Tal vez te guste más.

–¿A qué viene de verdad todo esto? –le espetó ella–. Ni Tommy ni Dax representan una amenaza para ti. Llevas toda la velada comportándote de un modo muy raro. Si tienes algún problema conmigo, dímelo. No sigas con las cortinas de humo.

Leo se detuvo a menos de un paso de distancia. Sin zapatos no era mucho más baja que él.

–¿Sabes una cosa? Sí que tengo un problema contigo –le dijo mirándola de arriba abajo–. Sigues vestida.

Atónita, Dannie ladeó la cabeza y lo miró fijamente. Comprendió que había cosas que él no le estaba contando. Se sentía amenazado por otros hombres. Ese pensamiento lo paralizaba y le impedía tocarla hasta que ella estuviera de acuerdo con lo que él le podía dar.

Su lenguaje corporal resultaba igualmente conflictivo. Agarrotaba los dedos una y otra vez, como si deseara desesperadamente tocarla pero no pudiera hacerlo.

Ella era su esposa, pero no en el sentido más estricto de la palabra. El corazón de Dannie se ablandó. Leo quería algo con lo que no tenía experiencia alguna. Ella había estado obligándolo a admitir sus necesidades compartiendo la cama con él y negándole la única vía de escape para sus sentimientos. Había dado por sentado que su modo era el mejor.

Todo aquello era nuevo para ella también, pero no le importaba cambiar de manera de actuar para darle lo que necesitaba. El vínculo ya estaba presente, por lo que decidió que lo mejor sería demostrárselo.

Esa sí era una buena razón para desnudarse ante él.

Le miró a los ojos fijamente y se llevó las manos a la nuca para desabrocharse el vestido.

Leo se estaba comportando como un imbécil. El hecho de saberlo no le daba mejor capacidad para controlar ni para eliminar el deseo que sintió al ver a su esposa. No le había gustado verla reír con otro hombre porque eso había generado algo feo y primitivo dentro de su ser. Algo que no le gustaba. Eso le había llevado a esconderse en un rincón en vez de tomar las riendas de la fiesta. Por eso, su esposa había tenido que hacerse cargo de la situación. Su esposa. Una vez más. Ella había sabido comprender la importancia de aquella fiesta y llevarla a buen puerto mientras que él se ahogaba en los celos.

¿Cómo se atrevía ella a ser tan perfecta y tan imperfecta a la vez?

Daniella se había llevado las manos a la nuca. Al comprender lo que estaba haciendo, sintió que se le hacía un nudo en el estómago, pero no protestó. Vio cómo el reluciente vestido se le deslizaba por el cuerpo y caía al suelo para dejarla completamente desnuda ante él.

Daniella, en toda su gloria, estaba desnuda ante él. El deseo se apoderó de él hasta hacer que estuviera a punto de caer de rodillas ante ella.

–Daniella, ¿qué estás haciendo?

Sabía lo que estaba haciendo. Daniella había hecho lo que él le había obligado a hacer.

–Estoy eliminando los problemas –respondió ella con la cabeza bien alta–. Todos los problemas.

Aquello era imposible.

–Vuelve a ponerte la ropa. Yo...

Sin saber qué hacer o qué decir, Leo cerró los ojos.

–Leo... Abre los ojos y mírame.

Así lo hizo. Que Dios lo ayudara, pero no se pudo resistir. Buscó la mirada de él con la suya en vez de mirarle los hermosos pechos. Los ojos le ardían por el esfuerzo de mantenerlos mirando hacia delante.

–Yo jamás te deshonraría con otro hombre, y

mucho menos si esa persona fuera un amigo o un socio en los negocios. Te respeto demasiado. Siento haberme comportado de un modo que te haya hecho dudar sobre mí.

–Tú no has hecho nada –repuso Leo–. Simplemente te has comportado como debería hacerlo una buena anfitriona.

–Espero que de verdad sea eso lo que piensas –afirmó ella–. Tú eres el único hombre que deseo. Para siempre. Por eso me casé contigo.

El sentimiento fluyó por el pecho de Leo como si fuera miel líquida. Aquella era la clase de tontería romántica que había esperado evitar en EA International. Sin embargo, ¿no estaba describiendo ella exactamente lo que él había pedido? ¿Fidelidad y compromiso? Simplemente, en labios de Danielle sonaba mucho más profundo.

¿Qué se suponía que debía hacer?

–¿Acaso no me deseas tú también? –le preguntó ella.

–Mucho más de lo que debería –musitó él. Inmediatamente, se arrepintió de haberlo dicho.

–En ese caso, ven aquí y demuéstramelo.

Leo no podía moverse. Aquello no iba a ser solo sexo. Tal vez no era posible que fuera solo sexo con alguien que era su esposa.

Fuera como fuera, se había casado con Daniella. Consumar su relación significaba que se estarían embarcando en algo mucho más duradero. Por eso, una parte de él ansiaba salir corriendo hacia la puerta, pero la otra lo animaba a aceptar todo lo que ella le ofrecía, incluso los sentimientos que tanto le alarmaban.

–Entonces, ¿lo de no tocarse ya no cuenta? ¿O acaso esa era la precursora de otro montón de reglas?

–Esto no tiene que ver nada más que con estar juntos. Haz lo que tú creas que debes hacer. Estar aquí de pie con nada más que un tanga puesto me está convirtiendo en gelatina. Me gustaría mucho que me besaras…

–¿Un tanga?

Leo se había centrado tanto en la parte delantera que no se había fijado en la trasera. Recordó inmediatamente la seda que había tocado con el dedo meñique a través del escote de la espalda del vestido.

Lentamente, Daniella se dio la vuelta y levantó una cadera para mostrarle el cachete del trasero desnudo.

–Me lo he puesto para ti. Esperaba que eligieras esta noche para convertirme en tu esposa…

La erección que Leo tenía era tan potente que casi no podía respirar, y mucho menos andar. Tampoco estaba preparado para cruzar aquella línea.

Ella sonrió con picardía. Se colocó las manos sobre la cintura y las deslizó hacia la curva del trasero y los muslos.

–Si no vas a tocarme, lo haré yo misma…

Entonces, muy provocadoramente, se tocó un pezón con el dedo índice y cerró suavemente los ojos.

Leo ya no pudo aguantar más. Daniella pasaba a formar parte a la carpeta de amantes. Con un rápido movimiento, la tomó entre sus brazos y la besó apasionadamente. Se dejó llevar por el deseo carnal que ella llevaba incitando toda la noche.

Sus bocas se alinearon, se abrieron, se alimentaron… Daniella deslizó la lengua sobre la de él, invitándolo a profundizar el beso. Leo se dejó llevar y lo exploró lentamente. En aquella ocasión, ya no habría interrupciones. Daniella iba a ser suya de una vez por todas.

El sabor de su boca le dio fuerza en vez de debilitarlo. Fuerza suficiente para darle placer hasta que gritara, para darle lo que tanto tiempo llevaba suplicando… Para poder amarla toda la noche.

Leo se aferraría a aquella fuerza porque la necesitaría para alejarse de ella por la mañana. Aquel sería el único resultado que permitiría. Entraría en el reino de lo físico sin perderse en él. Solo aquella noche. Solo una vez.

Rompió el beso el tiempo suficiente para tomarla en brazos. Con cuidado, la dejó sobre la cama y observó atentamente el hermoso cuerpo de su esposa. Aquella piel divina reclamaba sus caricias, por lo que se dejó llevar. Deslizó los dedos por los brazos, por los picos y los valles de tu torso y siguió bajando hasta llegar a las uñas de los dedos de los pies, que Daniella llevaba pintadas de rojo.

Al mirarla, vio que ella estaba perdida en su sensualidad, perdida en el placer. En ese momento, el pulso comenzó a latirle al doble de velocidad.

Daniella tembló.

–¿Tienes frío?

–No. Tengo mucho calor –respondió mientras se ponía de rodillas–. Por ti.

Le quitó la corbata y también la americana. Después, se concentró en los botones de la camisa. Poco a poco, lo fue desnudando por completo. Entonces, lo tomó entre sus brazos y lo hizo caer con ella sobre la cama. Retomaron el beso justamente donde lo habían dejado. Por fin estaban desnudos juntos. Por fin. Al menos, físicamente.

Casi desnudos. Leo le deslizó la mano por la espalda y tocó el tanga. Sedoso y muy sexy. Daniella se lo había puesto para él. Si lo hubiera sabido, la fiesta habría terminado a las siete y media.

Daniella no dejaba de acariciarle y su tacto prendió en él una urgencia que él no podía permitir. Sacaría de aquello el menor placer posible. Si no, no podría abandonar la cama.

Sin dejar de besarla, le arrancó el tanga y después le exploró el torso con pequeño besos hasta que llegó al centro de su feminidad. Allí, comenzó a lamerla con la punta de la lengua.

–Leo… –gimió ella.

–Sabes a gloria.

Leo quería más. Comenzó a mordisquearle el clítoris suavemente primero, para ir acrecentando la intensidad. Combinaba mordiscos con suaves movimientos de la lengua, haciendo que Daniella se retorciera de placer bajo su ataque.

–Sigue –jadeó ella–. Estoy a punto de llegar...

Aquellas palabras lo excitaron tanto que estuvieron a punto de llevarlo a él al límite. Su erección vibraba y tuvo que contenerse para no explotar allí mismo. Le introdujo a Daniella un dedo en su cálida y húmeda feminidad. Luego dos y siguió estimulándola con la boca. Ella se retorcía y arqueaba hasta que, por fin, estalló en un maravilloso clímax.

Leo se levantó y la miró, para gozar también con la expresión saciada y feliz de los ojos de Daniella. Le dio un minuto para que se recuperara. Cuando vio que la respiración se tranquilizaba un poco, le agarró las manos y la obligó a agarrarse a las barras del cabecero de la cama. Si ella lo tocaba, perdería el poco autocontrol que aún le quedaba.

–Agárrate...

Le separó los muslos y, lentamente, la penetró. El gozo volvió a dibujarse en el rostro de Daniella, lo que excitó a Leo aún más. Ella lo acogió como si fuera una funda perfecta y lo apretó con fuerza. Era maravillosa... Daniella le llenó por completo los sentidos.

Comenzó a moverse dentro de ella. El deseo se apoderó de él. Volvió a darle placer acariciándole el centro de su feminidad. Deseaba alcanzar el orgasmo, pero quería que ella llegara primero. Demostrarse así que no era débil y que podía resistirse a ella.

–Daniella...

Ella capturó su mirada y Leo ya no pudo soltarse. En un instante, aquellos profundos ojos lo atraparon y lo animaron tan solo a sentir. Y así fue. En contra de su voluntad, Leo sintió y notó que aquella sensación se desplazaba rápidamente por su pecho, desplazando a un lado lo que le había ocupado hasta entonces. En contra de todo pronóstico, ella había sacado algo imposible de definir de aquellas profundidades. Algo extraño y magnífico.

Solo una palabra podía definirlo: Dannie.

Dejó su boca sumida a modo de súplica. Ella respondió con un grito, estallando de placer y provocando que él también alcanzara el suyo. Leo vertió todo su deseo, toda su confusión, y se temía que también parte de su alma, dentro de ella, gimiendo con una gratificación sensual que jamás había querido experimentar.

Daniella había tomado su nombre, su cuerpo. Había tomado también algo primitivo y físico para convertirlo en poesía. La sensación se apoderó él. Quería marcarla una y otra vez. No parar nunca, y dejar que Daniella hiciera lo mismo con él.

Hacía tiempo que había comprendido que una vez no sería suficiente con ella. Sin embargo, la experiencia había sido más de lo que esperaba y había eclipsado sus más salvajes fantasías.

Precisamente por eso, no podía dejar que volviera a ocurrir. Si no era así, su esposa se lo tragaría entero y le arrebataría toda su ambición.

Capítulo Nueve

Dannie se despertó al alba. Estaba abrazada a Leo, su esposo por fin en todos los sentidos.

Los músculos le dolían y ansiaba escuchar cómo él volvía a llamarla con el mismo anhelo y deseo que cuando hicieron el amor, con aquella voz cálida y apasionada: Dannie...

Leo seguía dormido, pero no por eso dejaba de abrazarla con fuerza. La tenía agarrada de espaldas, dejando que la espalda de Dannie se acomodara contra su torso.

Él también ansiaba tener una relación con ella. Simplemente, no sabía lo que debía hacer y Daniella había aceptado de buen grado el trabajo de mostrárselo.

De repente, Daniella sintió que algo crecía, cada vez más firme por momentos, y se apretaba contra la sensible y femenina carne que tanto lo deseaba. Contuvo el aliento e, involuntariamente, arqueó la espalda, apretando su sexo contra la erección de Leo. Comenzó a frotarse contra él y el deseo se fue apoderando de ella. Sí...

Entonces, Leo se tensó. Él le agarró las caderas y la obligó a quedarse inmóvil. Dannie comenzó a moverse para seguir provocándole sin palabras.

–Daniella –murmuró él con voz ronca–. Para. Se me ha olvidado poner el despertador. Tengo que irme a trabajar.

–Claro que sí… –dijo ella sin dejar de moverse. Leo contuvo el aliento–. Diez minutos. Estoy tan excitada que ya casi estoy…

El aire frío reemplazó el cálido contacto de la piel de Leo cuando él se apartó y se levantó de la cama sin decir otra palabra. Entonces, se metió en el cuarto de baño y se oyó cómo abría la ducha.

Daniella se sintió profundamente desilusionada. Nada había cambiado entre ellos. Lo ocurrido la anoche anterior había significado todo para ella, pero nada para Leo. Él parecía contento con seguir como antes. Acostarse con ella por las noches e ignorarla el resto del día.

Exactamente lo que le había dicho que ocurriría.

Dannie no tenía derecho a sentirse desilusionada. Ella le había dado lo que necesitaba con la esperanza de que fuera el inicio de una maravillosa historia de amor. Evidentemente, no era así. Ella le había empujado a consumar el matrimonio y, a cambio de su esfuerzo, había conseguido disfrutar de un sexo increíble. Incluso le había dado permiso para hacer lo que quisiera.

¿Cuándo le había pedido ella algo más?

Desde que se casaron, había puesto un considerable esfuerzo en evitar los errores, convencida de que cada evento de éxito la reforzaba en su papel como la señora Reynolds. Jamás se le ocurrió pensar que el verdadero error ocurriría cuando se inventara un futuro en el que Leo se convirtiera en el esposo de sus sueños.

Se tapó con la sábana y esperó a que leo se marchara del dormitorio sin decir adiós, a pesar de que le escocían los ojos por el esfuerzo, se negó a llorar.

De repente, su teléfono móvil comenzó a sonar.

Tragó saliva y respondió.

–Hola… –dijo sin poder evitar que se le quebrara la voz.

–Hija, ¿qué te pasa?

–Nada –mintió. No quería preocupar a su madre–. Estoy todavía en la cama. Aún no me ha dado tiempo despertarme. ¿Cómo estás?

–Bien. ¿Te apetece que comamos juntas hoy?

–Bueno, es que tengo bastantes cosas que hacer –mintió. No quería reunirse con su madre para que ella no viera el dolor que albergaba en el corazón–. ¿Qué te parece mañana?

–Mañana me marcho al crucero. ¿Se te había olvidado? Quería verte antes de irme.

Efectivamente, se le había olvidado. Aquello fue un recordatorio brutal de lo que era verdaderamente importante. Su madre, no los magullados sentimientos de Dannie.

–Está bien. Puedo reorganizar mis citas. Te iré a recoger sobre las once. ¿Te parece bien?

–¡Sí! Hasta luego.

Dannie colgó el teléfono y respiró profundamente. Se fue rápido a la ducha para lavarse todo lo que le quedara de Leo en el cuerpo. Ojalá pudiera borrarlo de su mente con la misma facilidad.

Fue a buscar a su madre a la hora acordada. El chófer aparcó sobre la acera frente al apartamento de su madre. Dannie frunció el ceño. El edificio tenía la pintura en muy mal estado y el jardín estaba lleno de malas hierbas. Aquel aspecto jamás le había preocupado antes. No era justo que Dannie viviera en el más absoluto de los lujos y su madre, que sufría fibrosis pulmonar, en medio de aquella pobreza. Una voz le sugirió que Leo podría proporcionarle un alojamiento a su madre a cambio de lo de la noche anterior.

Acalló aquel pensamiento inmediatamente. Leo nunca la había tratado de ese modo. Le había dicho lo que ocurriría en más de una ocasión y ella había preferido creer un cuento de hadas.

Su madre entró en el coche y sonrió. La enfermera había hecho maravillas para mejorar la calidad de vida de su madre.

–Me alegro mucho de verte, cariño.

–Yo también, mamá –dijo ella inclinándose hacia su progenitora para darle un beso.

El escozor de los ojos volvió a aparecer.

–Oh, no… ¿Qué es lo que ha pasado?

–Nada –respondió Dannie mirando hacia la ventana para poder secarse las lágrimas–. Leo y yo hemos tenido sufrido un pequeño… malentendido. Lo superaré.

–Espero que no se trate de nada serio.

–En su opinión, no.

Su madre respiró aliviada y se reclinó contra el asiento.

–Menos mal.

–No creo que esté pensando divorciarse de mí, si es eso lo que te preocupa.

–Por supuesto que me preocupa –le dijo su madre mientras le agarraba cariñosamente el codo–. Por suerte, te has casado con un hombre respetable que cree firmemente en el compromiso. Una sabia elección. Tú jamás terminarás sola y con el corazón roto como yo.

–Sí, tienes razón… Leo es un buen hombre...

Leo había salvado a su madre. Las había salvado a las dos porque les había proporcionado seguridad. No podía olvidarse de aquello nunca más. Él había mantenido su parte del trato. Ya iba siendo hora de que ella hiciera lo mismo y dejara de ansiar un romance que nunca se le había prometido.

–Ese malentendido no tuvo nada que ver con la posibilidad de tener hijos, ¿verdad?

En aquel momento, Dannie recordó que no habían usado anticonceptivo alguno. Podría estar embarazada en aquellos momentos. Una agradable calidez se apoderó de ella. Si Leo le daba un hijo, su ausencia sería bastante menos difícil. Su madre la había criado a ella en solitario. Dannie también podía hacerlo.

Sonrió para tranquilizar a su madre.

–Háblame del crucero.

Su madre estuvo charlando durante todo el almuerzo. Por suerte, no volvió a salir el tema de Leo.

Él no la llamó ni fue a casa a cenar aquella noche. Dannie se preparó para meterse en la cama, resignada a dormir sola de nuevo.

A las diez, él entró en el dormitorio. Ella lo miró ávidamente, buscando pistas que le indicaran el estado anímico de Leo.

–Hola –dijo ella cortésmente. Entonces, apagó la televisión–. ¿Qué tal te ha ido el día?

–Bien. Te he traído una cosa.

Leo levantó una pequeña bolsa que llevaba en la mano. Entonces, se acercó a la cama y se la entregó a ella. Dannie sacó una pequeña cajita cuadrada y, al abrirla, vio unos pendientes de diamantes sobre terciopelo azul.

–Dale las gracias a la señora Gordon de mi parte. Tiene muy buen gusto.

–Me he pasado una hora eligiéndolos personalmente –replicó él, muy serio–. Quería darte las gracias por la fiesta. Estuviste maravillosa. Debería habértelo dicho antes.

–Lo siento –susurró ella con gran remordimiento–. Me he comportado de un modo horrible…

–Me lo tengo bien merecido. Siento haberme marchado del modo en el que lo hice esta mañana. Eso sí que ha sido horrible. Además, no te lo merecías.

Dannie se quedó sin palabras. No se podía creer que Leo se hubiera disculpado.

Leo recogió la caja y se la volvió a entregar.

–¿Te los pondrás? Si no te gustan puedo devolverlos…

–Me encantan –dijo ella. Se los puso inmediatamente e inclinó la cabeza para que Leo pudiera admirarlos–. ¿Qué tal me quedan?

–Preciosos…

En realidad, no estaba mirando los pendientes, sino el cuerpo de Dannie. Ella comprendió lo que quería y apartó las sábanas para acercarse a él. De repente, Leo pareció estar a punto de salir corriendo, pero ella le agarró las solapas de la americana para impedírselo. Sin decir palabra, le quitó la chaqueta y comenzó a besarle dulcemente mientras hacía lo mismo con la corbata.

–Daniella, los pendientes no eran… Yo no…

–Calla… No importa –susurró ella. Se inclinó hacia él y comenzó a frotarle el torso con los pezones.

–No espero sexo a cambio de joyas –murmuró él casi imperceptiblemente.

–Ni yo espero joyas a cambio de sexo. Ahora que ya lo hemos aclarado, cállate y bésame…

Leo cerró los ojos y tragó saliva. Aquel gesto era casi como decir que sí. Daniella comenzó a besarle y, de repente, tiró de ambos lados de la corbata para poder profundizar el beso. De los labios de ambos saltó una tormenta de fuego que incineró el control de los dos.

Con urgencia, Dannie lo desnudó sin decir palabra. Él le arrancó el pijama y los dos cayeron sobre la cama. Leo volvió a besarla muy profundamente. Aquel era de nuevo el hombre que la había abrazado en sueños, el que la había besado tiernamente y había pronunciado su nombre con descarnada fuerza. Cuando sus cuerpos se unían, Leo dejaba entrever el hombre que era. Tenía mucho más bajo la superficie de lo que se atrevía a dejar ver.

Abrazó el hermoso cuerpo de su esposo y se miró en las profundidades de aquellos apasionados ojos azules. Entonces, sintió que algo florecía en su interior. Ella trató de reprimirlo, pero ese sentimiento volvió a levantarse, entrelazado con las imágenes de un niño creciendo en su vientre. Se imaginó la ternura de su mirada al contemplar a su hijo recién nacido y sintió que se le hacía un nudo en la garganta.

De repente, el miedo de que Leo se cansara de sus tonterías románticas no era su único problema. Se había transformado en el problema de lo que iba a ocurrir si ella se enamoraba de él y se condenaba a una vida de matrimonio con un hombre que ocultaría eternamente su amable corazón bajo la coraza de su adicción al trabajo.

Tap. Tap. Tap.

Leo parpadeó y levantó la mirada. Vio que Dax estaba golpeando con impaciencia la mesa con el bolígrafo mientras le indicaba que siguiera mirando la pantalla del ordenador, que contenía la propuesta conjunta para financiar una empresa llamada Mastermind Media.

–¿Cláusula número dos? –le dijo Dax–. Han accedido a extender la fecha límite hasta medianoche.

No tenemos mucho tiempo. Se suponía que tenías que decirme por qué no te gusta.

«No me gusta porque se interpone entre yo y la cama en la que me espera mi esposa».

Leo miró el reloj. Eran las nueve de la noche del viernes. Si se marchaba en aquel momento de su despacho, podría estar en su casa al cabo de veinte minutos. Tal vez incluso podría mandar un mensaje a Daniella para decirle que llegaría pronto. A lo mejor ella lo recibía con nada más puesto que los pendientes que él le había regalado…

Lo que había empezado como un regalo de agradecimiento se había transformado en algo completamente diferente. Su intención había sido no volver a hacerle el amor, al menos no en un futuro cercano, pero…

El recuerdo de la noche anterior y de su sensual esposa invadió sus pensamientos. Una vez más. De la misma manera que llevaba haciendo todo el día.

–La cláusula está bien. Bueno, lo estará. Con un pequeño cambio en las expectativas de marketing.

Más golpeteos. Entonces, Dax arrojó el bolígrafo.

–Leo –dijo Dax con impaciencia–, me está empezando a dar la impresión de que no crees que debiéramos realizar este acuerdo.

–¿Cómo dices? He invertido seis horas en redactar esto. Es una propuesta sólida.

–Entonces, ¿qué es lo que te pasa? –le preguntó su amigo con preocupación–. Llevamos meses mirando Mastermind Media. Si lo que te preocupa es que tú y yo hagamos negocios juntos, deberías haber hablado antes.

–No se trata de eso, Dax…

–¿Te preocupan las finanzas? No vas a invertir en esto por la amistad que nos une, ¿verdad?

–Claro que no –afirmó Leo. Efectivamente, él jamás corría riesgos.

–Pues entonces no sé qué pasa. O me lo cuentas o me largo.

–Lo siento… Estoy distraído. No se trata de la propuesta. Es otra cosa.

Otra cosa que tenía que apartar de su vida. La fuerza de voluntad de Leo era férrea. ¿Cómo había podido Daniella destruirla tan fácilmente?

–Me lo tenía que haber imaginado. Te comportas de un modo diferente desde que te casaste con esa mujer.

–Cuidado con lo que dices.

–Hemos disfrutado de muchas mujeres juntos, amigo mío. ¿Qué tiene esta de especial?

–Me he casado con ella.

Estaba mintiendo a su mejor amigo. Aquello era tan solo la punta del iceberg. No podía dejar de pensar en Daniella. Cuando estaba dentro de ella, su mundo cambiaba, algo que jamás hubiera creído posible.

–¿Y qué? No sientes nada por ella. Ella es un medio para conseguir una finalidad.

Leo estuvo a punto de protestar, pero, en realidad, Dax tenía razón. Daniella era precisamente eso. Un medio para alcanzar un fin.

–A pesar de todo, es mi esposa. No se trata de una cita cualquiera. Es importante que sea feliz.

–¿Por qué? ¿Por si te deja? Piénsalo. Las cazafortunas no muerden la mano que les da de comer.

La ira se apoderó rápidamente de Leo.

–Ella no es una cazafortunas. Nuestro matrimonio nos beneficia a ambos, ya lo sabes. Estoy seguro de que no creerás que es aceptable que yo trate a mi esposa como a un perro y espere que ella lo soporte porque tengo dinero. Ya hablaremos de esto cuando te cases tú...

–Ja. Eso sí que es bueno –dijo Dax–. Deberías quitar el «cuando» de esa frase, pero sin sustituirlo por «si». Las mujeres son buenas para una cosa –comentó con una sonrisa–. Te dan una razón para beber.

–¿Acaso no te van bien las cosas con Jenna?

Una pena. Resultaba evidente que Dax necesitaba a alguien en su vida que pudiera ayudarle a romper todos los problemas que tenía con el compromiso y la confianza, aunque en realidad Jenna no era la mujer adecuada para él.

–¿De qué estás hablando? Es genial. El sexo es fantástico –dijo Dax–. Bueno, ya lo sabes…

Leo sintió que su ya revuelto estómago se revolvía aún más al escuchar el comentario de Dax. Leo siempre había tratado a las mujeres muy superficialmente. Para él, eran tan solo una necesidad… No. Aquello no era del todo cierto. Daniella era especial, pero no del modo que Dax parecía implicar. Leo la había tratado de un modo diferente desde el principio y había demostrado un profundo respeto por la institución del matrimonio. Nada más.

–A juzgar por el momento en el que no podías apartar los ojos de Daniella en la fiesta, esa mujer debe de ser una gata salvaje. Si te cansas de ella, dímelo.

Leo se puso de pie inmediatamente y miró fijamente a Dax. Tuvo que cruzar los brazos para no darle un puñetazo a su mejor amigo.

–Te sugiero que cierres la boca antes de que te la cierre yo.

–Vaya, Leo… Cálmate… Es tan solo una mujer…

–Y tú eres tan solo un amigo –le espetó él. Cuando Dax lo miró muy sorprendido, Leo le dedicó una mirada que no se podía malinterpretar–. Las cosas cambian. Hazte a la idea.

Lentamente, Dax se puso de pie.

–No me puedo creer que hayas dejado que una mujer se interponga entre nosotros, en especial una que has encontrado en una agencia. Deja que expire el trato con Mastermind. Cuando regreses de tu mundo de cuento de hadas y te des cuenta de que has perdido el empuje por un bonito par de tetas, estaré cerca para ayudarte a recoger los trozos. Llevamos siendo amigos demasiado tiempo.

–Estoy de acuerdo –replicó Leo. Tenía los puños apretados–. Es mejor no hacer negocios juntos en estos momentos.

–Vete a casa con tu esposa –le dijo Dax mientras le miraba por encima del hombro al tiempo que recogía su ordenador, su teléfono y todas sus cosas–. Espero que ella sea lo suficientemente buena en la cama como para ayudarte a olvidar el montón de dinero que acabamos de perder.

Con eso, Dax salió por la puerta sin mirar atrás.

Leo se dejó caer en la silla más cercana y se puso a mirar por la ventana. Sí. Efectivamente, habían perdido mucho dinero. Y una amistad.

Leo se sentía traicionado y no precisamente porque Dax hubiera hecho comentarios poco afortunados sobre su esposa, sino porque Dax tenía razón: Leo había cambiado desde que se casó con Daniella. Ya no podía soportar ser el hombre que Dax había descrito, el que trataba horriblemente a las mujeres y les hacía regalos para compensarlas. Ni la clase de hombre al que no le importaba presentar una novia a su mejor amigo porque ella ya no significaba nada para él.

Para Dax, ninguna de las dos cosas significaba un problema, y él ya no podía seguir siendo amigo de un hombre que tenía tan baja opinión de las mujeres. ¿Por qué no se había dado cuenta antes? ¿Qué le haría falta a Dax para darse cuenta del problema? Tal vez su amigo debería visitar a Elise. Si ella había podido encontrar a la mujer perfecta para Leo, podría hacer lo mismo por cualquiera.

Perder una amistad le dolía, pero dejar que pasara la fecha límite para la presentación de su propuesta conjunta a Mastermind Media le dolía mucho más. Nunca en toda su trayectoria profesional se había rendido. Una cosa no había cambiado en él. No cambiaría nunca. Leo no quería ser el hombre que no hacía bien su trabajo y, peor aún, que había perdido el empuje. No podía hacerlo por ninguna razón, y mucho menos por una mujer.

Había perdido a John Hu. Después a Mastermind Media. ¿Sería Tommy Garrett el siguiente?

Se negaba a que eso pudiera ocurrir. Daniella tenía que dejar de dominarle desde la sombra. Lo había probado todo para conseguir olvidarla. Tan solo le quedaba intentar una cosa. Se pasaría el fin de semana entero con ella en la cama. El lunes habría conseguido olvidarse de ella y volvería a recuperar el empuje. Podría compartir la casa con ella por las noches y olvidarse de ella durante el día, tal y como había planeado desde el principio.

Funcionaría. Se había esforzado tanto para construirse una empresa sólida que no podía dejar que esta se desmoronara. Se lo debía a todo el mundo, y en especial a Daniella. Había jurado que cuidaría de ella. Sería capaz de ponerse a fregar el suelo de una cárcel antes de permitir que su esposa viviera tal y como habían hecho su padres.

Capítulo Diez

Dannie se había sentado en el sofá para esperar a Leo por si este llegaba pronto, pero ya eran casi las diez de la noche.

Levantó la mirada del libro electrónico y vio que Leo estaba en el umbral, con un ramo de rosas rojas en la mano. La estaba observando con el deseo reflejado en los ojos. Un delicioso calor prendió en el centro de su vientre y comenzó a extenderse poco a poco por todo su cuerpo.

–¿Para mí? –preguntó con voz temblorosa.

–En cierto modo –respondió él. Se acercó al sofá y extendió la mano que le quedaba libre para ayudarla a levantarse–. Sígueme.

Dannie lo siguió hasta el cuarto de baño. Allí, Leo encendió las luces y comenzó a llenar la bañera.

–Trabajo mucho. Tengo muy pocas oportunidades de disfrutar de los placeres más sencillos. Por lo tanto, voy a arreglarlo ahora mismo. Tengo una fantasía que te implica a ti, a mí y a los pétalos de rosa.

Fue agarrando los pétalos con una mano para arrancarlos. Después, los echaba al agua. Dannie observó cómo flotaban y, con ellos, su corazón.

–¿Tienes fantasías conmigo?

–Constantemente.

–¿Y qué hago yo en esas fantasías?

–Principalmente, volverme loco –respondió él con una sonrisa–. Por cierto, me he tomado libre el fin de semana. Si no tienes otros planes, me gustaría pasarlo contigo. Tal vez podríamos considerarlo una luna de miel retrasada.

Dannie no se lo podía creer.

–¿Quién eres tú? –bromeó–. ¿Qué le has hecho a Leonardo Reynolds?

–Digamos que he tenido una revelación. Estamos casados. Tengo que hacer las cosas de un modo diferente a como las he hecho en el pasado. Por ti. Te lo mereces. Eres una esposa estupenda.

Dannie sintió que se le hacía un nudo en la garganta. Los ojos se le llenaron de lágrimas.

–Háblame de esas fantasías. ¿De verdad has tenido muchas? ¿De qué clase?

–Ven aquí…

Leo se sentó en el borde de la bañera. Cuando Dannie llegó junto a él, se la colocó entre las piernas y la miró con los ojos llenos de sensual promesa.

–He sido un marido muy malo. Evidentemente, no sabes lo sensual que te encuentro. Por eso, vamos a corregir ambas cosas ahora mismo.

Dannie sintió que se deshacía por dentro. No comprendía cómo era capaz de sostenerse de pie. Entonces, Leo comenzó a desabrocharle los botones de la camisa y se la quitó.

–Mis fantasías no son rival para la realidad –susurró antes de colocar la boca sobre la curva de un seno, justo donde el encaje del sujetador se unía a la piel.

Deslizó la lengua hacia el interior y comenzó a rodear el pezón. Dannie se sintió presa del deseo en estado puro. Se agarró a los hombros de Leo y gimió de placer mientras él le desabrochaba la falda. No había dejado de lamerle el seno en ningún momento, por lo que la tela del sujetador estaba completamente mojada. Entonces, con impaciencia, la apartó y chupó por fin el pezón antes de mordisquearlo suavemente.

Dannie se dejó llevar por las sensaciones que él prendía tan hábilmente en ella.

–Daniella…

Cuando él apartó la boca de su piel para poder pronunciar su nombre, Dannie estuvo a punto de protestar. Leo se lamió los labios deliberadamente, en un gesto destinado a comunicarle lo deliciosa que la encontraba. Entonces, le desabrochó el sujetador y dejó por fin los senos al descubierto.

–¡Qué hermosa eres! Eres la mujer más hermosa que he visto nunca. Y eres solo mía.

Dannie sintió que las rodillas se le doblaban, pero las manos de Leo la mantuvieron de pie. Entonces, él se inclinó para besarle el vientre y bajarle las braguitas al mismo tiempo. Deslizó los dedos entre las piernas y los subió hacia la parte trasera, acariciándola así de un modo que la volvió completamente loca.

–Leo...

–Vamos. Entra.

La ayudó a meterse en la bañera. Dannie observó cómo él agarraba un pétalo de rosa y comenzaba a acariciarle con él los senos. Aquella caricia le despertó un ardiente deseo por todo el cuerpo.

Cuando él le frotó la entrepierna con el pétalo de rosa, Dannie no pudo reprimir un gemido.

–Se han terminado los juegos –dijo ella. Entonces, le agarró de la corbata y tiró–. Te quiero aquí dentro, conmigo.

La ropa comenzó a caer al suelo. Dannie observó descaradamente cómo él se desnudaba. Un vello oscuro le cubría el torso y anunciaba sin reparos su masculinidad. Los firmes músculos enmarcaban la potente erección que ella ansiaba desesperadamente dentro de su cuerpo.

Leo entró en el agua. La enorme bañera pareció de repente más pequeña cuando aquel enorme y vibrante hombre entró en ella. Él le agarró los brazos y la colocó de espaldas contra su pecho. Inmediatamente, le cubrió los senos con las manos y comenzó a acariciárselos. Ella gimió de placer al sentir cómo la erección cobraba vida detrás de ella.

Los pétalos de rosa flotaban en el agua y se le pegaban a la piel húmeda y llenaban el aire con su cálido aroma floral. Leo le murmuraba cosas picantes al oído sin dejar de acariciarla. Las manos de él la acariciaban como si fueran de seda por todas partes, sobre todo por lo más íntimo de su feminidad.

Ella llevó una mano hacia atrás para agarrarle la erección. Esta le llenaba por completo la mano. Comenzó a acariciarle suavemente la punta, haciendo que Leo dejara escapar un gemido que le desgarró el pecho. Le apartó inmediatamente la mano y le agarró las caderas. Entonces, la colocó a su conveniencia y se hundió en ella con un único movimiento.

–Dannie –susurró.

Aquella única palabra la llenó de la misma manera que él llenaba su cuerpo. Leo la agarraba con fuerza, inmovilizándola. Después de una eternidad, la levantó lo suficientemente alto para dejar parte de su miembro al descubierto. Entonces, la dejó caer de nuevo. Los dos explotaron juntos de placer.

Aquel Leo tan intenso le encantaba.

–Dannie… –susurró de nuevo para incrementar el ritmo.

Repitió su nombre una y otra vez. Un increíble torrente de deseo se apoderó de ella y la llevó a alcanzar el clímax en un instante. Lanzó un potente grito de placer.

Ella le había dado lo que necesitaba, pero Leo se lo había devuelto multiplicado por diez. Estaba completa e irrevocablemente enamorada de él.

–Leo, yo...

–¿Te has quedado sin palabras? ¿Tú? –comentó él riendo–. Me siento increíblemente halagado.

Leo la ayudó a salir de la bañera y la secó con lentos y tiernos movimientos. Dannie no quería estropearlo. Lo que le estaba ocurriendo era demasiado importante.

Leo nunca le había dicho que la quería, solo que quería hacer las cosas de un modo diferente. Tal vez aquella especie de luna de miel solo tenía que ver con el sexo. Pero si Leo no quería que se enamorara de él, debía de dejar de ser tan maravilloso.

Él se puso un albornoz y regresó con una botella de champán y dos copas. Se lo tomaron en la cama mientras hablaban de nada y de todo en particular.

Dannie no hacía más que buscar el momento adecuado para decírselo todo. ¿Acaso no debería saber Leo que la había hecho inmensamente feliz, que su matrimonio era todo lo que siempre había deseado? ¿Que los sentimientos que tenía hacía él eclipsaban a todo lo que había sentido nunca? Se había casado con un hombre que hacía que su cuerpo y su alma cantaran en perfecta armonía. Además, él cuidaba también de su madre. Le concedía todos los deseos sin esfuerzo. Y quería que él lo supiera.

Pero él no le dedicaba largas miradas con los ojos llenos de amor ni susurraba palabras tiernas.

A él le gustaba tenerla en su cama, disfrutar de la cercanía sin los requerimientos de tener que exponerse emocionalmente.

Los sentimientos de amor y ternura le pertenecían exclusivamente a ella. Por el momento.

Su matrimonio era todo lo que había deseado desde que era una niña.

***

Cuando las primeras luces del alba entraron por la ventana del dormitorio, Leo se despertó y no dudó en dejarse llevar por otra fantasía, la única que se había negado hasta el momento.

Le agarró las caderas a Daniella y encajó su dulce trasero contra la erección inmediata que acababa de tener. Le acarició los senos con los dedos y ella suspiró en sueños. Muy erótico.

—Leo, son… Son la seis y veintitrés de la mañana —susurró tras abrir los ojos lo suficiente para consultar la hora.

—Lo sé —comentó él mientras le besaba el cuello—. He dormido hasta muy tarde. Resulta muy refrescante.

—Pensaba que te ibas a tomar el fin de semana libre —musitó ella mientras hacía girar de modo muy experto las caderas. La hendidura del trasero acogía perfectamente la potente erección de él.

—Me he tomado el fin de semana libre para…

Leo no pudo terminar la frase porque ella volvió a hacer el mismo movimiento.

—¿Hablar demasiado?

Leo le deslizó un dedo entre los henchidos pliegues de su feminidad. Cuando se hundió en ella, las sensaciones fueron maravillosas. Poseerla de aquella manera tenía algo que lo volvía loco. Encajaban perfectamente y sus movimientos poseían una cadencia increíble.

Además, así tenía fácil acceso a toda la belleza de Dannie. Podía tocarle los senos y estimularle el centro de su feminidad al mismo tiempo que se hundía en ella desde atrás una y otra vez. La fricción era deliciosa y hacía que saltaran chispas entre ellos, empujándolos a moverse cada vez más rápidamente.

Dannie alcanzó el orgasmo con un sensual gemido. Leo la siguió como si se tratara de una perfecta reacción en cadena.

Ausentarse del trabajo tenía muchas ventanas. A Leo le avergonzaba un poco lo mucho que estaba disfrutando del fin de semana libre, sobre todo porque prácticamente acababa de comenzar. Tenía muchas más fantasías que realizar. Y más miedo de que llegara el lunes por la mañana.

¿Cómo iba a poder olvidarse de Daniella para concentrarse en el trabajo? Era como pedirle al corazón que dejara de latir.

Por fin, se levantaron de la cama y dejó que su esposa le preparara unas tortitas. El café, como siempre, insuperable.

–¿Y qué vamos a hacer con todo este tiempo prestado? –le preguntó él mientras se terminaban el desayuno.

–¿Es eso lo que es? ¿Tiempo prestado? –replicó Daniella mientras lo observaba por encima de la taza de café.

–Bueno, sí… Todo lo que tengo que hacer en el trabajo no va a desaparecer mágicamente. Simplemente lo he pospuesto hasta el lunes.

–Entiendo.

–Pareces desilusionada –dijo él. El desayuno se le estaba atragantando. Podía soportar muchas cosas, pero no la desilusión de Daniella.

–Solo estoy tratando de interpretar lo que has dicho. Lo de prestado implica que tendrás que devolverlo en algún momento. No quiero que tengas que hacerlo.

–He tomado la decisión de pasar el fin de semana contigo. Quiero hacerlo. No te sientas culpable.

–No me siento culpable –replicó ella–. Es decir, simplemente me gustaría que no tuvieras que elegir.

–¿Qué otra elección me queda, Daniella? –le preguntó él con frustración–. Tengo una empresa que debo dirigir. Sin embargo, ahora estoy aquí contigo, ¿no? Estoy haciendo malabares lo mejor que puedo.

Acababa de dar voz a sus peores temores. Que se le cayera una bola. O todas. Se le daba muy mal hacer malabares.

Daniella se echó a reír.

–Es cierto, estás aquí, pero no parece que a ninguno de los dos nos guste demasiado hacer malabares. ¿Y no hay algún modo de reducir el número de bolas que tienes que sostener? Tal vez podrías contratar a alguien para que te ayudara o cambiar el modo de hacer las cosas.

–Me estás diciendo que reduzca mi implicación en Reynolds Capital. O que acepte menos socios.

Se le hizo un nudo en el estómago al pensar lo rápidamente que se disolvería su empresa si hiciera lo que Daniella le sugería.

–Yo no sé lo que funcionaría mejor, pero tú sí lo sabes –comentó ella mientras se tomaba el café tranquilamente–. ¿Por qué no pruebas? Así no tendrías que robarle tiempo a tu trabajo para pasarlo conmigo.

¿Cómo había dicho? Daniella se había transformado precisamente en lo opuesto de una esposa comprensiva. Él se había casado con ella precisamente para evitar aquel tema. Acababa de pasar a unirse a las filas del resto de las mujeres con las que había salido.

–Yo soy mi empresa. Yo soy Reynolds Capital Management. Me he pasado diez años construyendo mi empresa desde la nada y...

–Perdóname si me he excedido –se apresuró ella a decir–. Tú fuiste el que dijo que quería hacer las cosas de un modo diferente y yo te estaba ofreciendo una solución. Solo quería hacerte ver que siempre hay algo que se puede hacer. Todos tenemos elecciones y tú tomas las tuyas todos los días. Eso es todo.

–Hmm... –musitó él. Daniella solo había estado tratando de resolver un problema que él había comentado–. Está bien.

–Olvidémonos de esta conversación y disfrutemos del fin de semana.

De algún modo, a Leo le daba la sensación de que aquello no iba a ser tan sencillo. Ella había dicho su opinión con lógica y con estilo. Aunque le incomodara.

Tal y como había prometido, no miró ni el teléfono ni encendió el ordenador. No hacía más que esperar que le atacara el síndrome de abstinencia al verse privado de sus aparatos electrónicos. No fue así.

Lo achacó al hecho de que le había prometido a Daniella toda su atención hasta el lunes por la mañana. Además, a ella se le daba muy bien distraerlo. A media tarde estaban desnudos en el spa que había junto a la piscina. A Leo se le olvidó fácilmente la luz de mensaje que tenía encendida en su teléfono cuando bautizaron el spa.

Se había sumergido en las profundas aguas de su esposa y salir a la superficie era lo último en lo que pensaba.

Por lo tanto, le sorprendió bastante reunirse con Daniella en la sala de televisión para ver una película y escuchar cómo ella le decía:

–Tienes que llamar a Tommy Garrett.

–¿A Tommy? ¿Por qué? ¿Cómo lo sabes?

Leo dejó la botella de vino que estaba tratando de destapar inmediatamente.

–Lleva todo el día tratando de ponerse en contacto contigo. Me llamó al móvil pensando que te había ocurrido algo.

–¿Y cómo es que Tommy tiene tu número de móvil? –le preguntó.

–A ver, tranquilízate un poquito. No te dejes llevar por la testosterona. ¿Cómo imaginas que él aceptó la invitación a tu fiesta? Tuve que darle mi número de teléfono para que lo hiciera.

Leo se tranquilizó. Ligeramente. Se puso de

nuevo a descorchar la botella de vino y sirvió dos copas.

—Lo siento. No sé de dónde ha venido eso —dijo tras tomarse un sorbo de vino.

—No pasa nada, me gusta saber que ese tipo de cosas te importan. Ahora, la película puede esperar. Llama a Tommy. Parecía bastante urgente.

De mala gana, Leo fue a buscar su teléfono y lo encontró sobre la encimera de la cocina. Sí. Tommy le había llamado un montón de veces. Además, tenía cuatro mensajes.

Le devolvió inmediatamente la llamada, seguro de que no sería nada importante. Cosas de críos.

—Leo, por fin —exclamó Tommy en cuanto contestó el teléfono—. Mis abogados ya lo tienen todo preparado. Me voy contigo, amigo. Pongámonos el mundo por montera.

—¿Aceptas entonces mi propuesta?

—Eso es precisamente lo que te he dicho, ¿no? Por cierto, ¿por qué no contestabas al teléfono? Me costó una eternidad encontrar el teléfono de Dannie.

—Me estoy tomando… un poco de tiempo libre.

Lo había conseguido. Aquello era el santo grial. Todo por lo que llevaba años trabajando. Por fin Leo descubriría si era tan bueno como pensaba. Sin embargo, eso no ocurriría aquel día. Tendría que esperar hasta que terminara el fin de semana.

—Genial. Pues hablamos mañana entonces.

A Leo le resultó físicamente doloroso decir:

—Tendrá que ser el lunes.

—¿En serio? —le espetó Tommy con incredulidad–. Bueno, tengo que decir que yo también te mandaría a paseo si tuviera en casa una mujer como Dannie. Hasta el lunes entonces.

Leo se mordió la lengua. Con fuerza. ¿Qué podía decir para rechazar aquello? Daniella era la razón por la que Leo no podía hablar de negocios el domingo, cuando lo hubiera hecho antes a cualquier hora del día o de la noche para poner más cemento en los cimientos de Reynolds Capital Management.

Sin embargo, le resultaba muy difícil aceptarlo.

Lo fue más sentarse junto a su esposa en el cómodo sofá y no pedirle que le dejara incumplir su promesa de pasar el fin de semana con ella. Pero lo hizo. Además, le aseguró que la llamada de Tommy no tenía importancia.

¿Por qué había tenido que decirle que se tomaba libre todo el fin de semana? Ella se habría contentado tan solo con el sábado. Ya era demasiado tarde.

El torbellino que era Daniella lo había absorbido por completo. Él ya no podía fingir que se había tomado el fin de semana libre por ninguna otra razón que no fuera ella.

No quería elegir el trabajo en vez de a Daniella ni viceversa. No había lugar más incómodo en el que estar que entre una mujer y la ambición.

El domingo, después de la última ronda de sexo mañanero que Leo se permitiría experimentar durante mucho tiempo, Daniella le dio un beso y sacó una caja de debajo de la cama.

–¿Es para mí? –exclamó él muy contento. Ella asintió.

Rasgó el papel, que era el marrón utilizado habitualmente en los embalajes, y sacó un dibujo enmarcado en tonos sepia.

–Es de Leonardo da Vinci –dijo ella en voz muy baja–. Seguramente tú lo conozcas.

Efectivamente. Con mucho cuidado, apartó el marco de la luz para evitar el reflejo en el cristal. Era uno de sus favoritos, una reproducción de uno de los primeros dibujos que Da Vinci realizó sobre el valle del Arno.

–El original está en la galería de los Uffizi. Gracias. ¿Qué te ha hecho pensar en esto?

–Da Vinci era mucho más que un pintor. Era inventor. Dibujaba. Era escultor y matemático y otras cuatro cosas más que se me han olvidado –comentó ella riendo–. Era mucho más que simplemente el autor de la Mona Lisa. Tú eres mucho más que Reynolds Capital Management. Quería que supieras que lo sé.

Aquel regalo adquirió de repente unas proporciones que Leo no estaba seguro de que le gustaran.

–¿Estás tratando que te muestre algo que yo dibujé?

Aquello era inconcebible. El dibujo era algo íntimo, exclusivamente para él. Sería como abrirse el cerebro para dejar al descubierto los más profundos secretos.

–Si fuera eso lo que busco, te lo habría dicho.

–Entonces, ¿qué es lo que buscas?

–No hay motivos siniestros –dijo ella–. Mis motivos están aquí –añadió señalándose el corazón con el dedo sin dejar de mirar a Leo fijamente a los ojos.

–¿Y que significa eso?

–¿Qué crees tú que significa, Leo? Te he regalado ese dibujo porque te amo y quería expresarlo de un modo tangible.

Leo sintió que se helaba por dentro. Las palabras que Daniella acababa de pronunciar hicieron eco en su cabeza. ¿De dónde había salido eso? Nadie le había dicho nunca nada semejante a excepción de su madre.

Su matrimonio acababa de explotarle en la cara. Su esposa se había enamorado de él. ¿Qué se suponía que debía él responder a aquello?

–No puedes decirme algo así inesperadamente.

–¿Que no puedo? –le preguntó ella. Se incorporó inmediatamente sobre la cama sin preocuparse de estar completamente desnuda–. ¿Y cómo debería habértelo sugerido?

–Lo que quiero decir es que ni siquiera tenías que decírmelo. Eso es… Nosotros no… Nuestro matrimonio no es así –consiguió decir por fin.

Daniella recompuso rápidamente la expresión de su rostro.

–Eso ya lo sé, pero no borra mis sentimientos. Eres un hombre bueno y generoso que me hace feliz. Hemos pasado juntos un romántico fin de semana y tú me has sorprendido mucho cuando me dijiste que Tommy te llamó y le dijiste que tenía que esperar hasta el lunes. ¿No prefieres que sea sincera contigo?

«En realidad, no». Sobre todo cuando aquella revelación implicaba sentimientos que él no podía compartir. Sentimientos peligrosos, maravillosos y terribles que lo sacudían de la cabeza a los pies. Sin embargo, la confesión ya estaba hecha y él no podía ignorarla.

–Dado que eres tan defensora de la sinceridad, te diré que perdí un par de contratos por esas fantasías que no me podía sacar de la cabeza. Me he pasado el fin de semana contigo para poder regresar el lunes al trabajo y concentrarme al máximo.

El dolor que se reflejó en el rostro de Dannie le cortó de arriba abajo como si le hubieran rajado el torso. Decidió que debía poner distancia antes de que le hiciera más daño.

No podía abrazarla. Quería hacerlo. Quería decirle que todo era una gran mentira y que te amo era la frase más dulce en cualquier idioma, pero le asustaba profundamente. Podría volver a hacerlo.

Apretó los dedos y dijo lo más terrible que se le ocurrió.

–Los pétalos de rosa no tenían como objetivo seducirte para que te enamoraras. Eran un exorcismo.

Y había fracasado miserablemente. Su esposa se había enamorado de él. Lo peor de todo aquello era que tenía que fingir que aquellas palabras no le habían llegado al corazón. No podía ser.

El amor destruía la seguridad. Era la manera más rápida de regresar a un barrio marginal y él no caería presa de las tentaciones de su debilidad.

No se convertiría en su padre. Por mucho que le costara pronunciar aquellas palabras.

–Tenemos un matrimonio de conveniencia, Daniella. Eso es todo.

–Lo comprendo –susurró ella con los ojos bajos.

Daniella no pensaba darle un bofetón y marcharse sin mirar atrás. Leo no experimentó el alivio que había esperado sentir. Aquel ejercicio de malabares se acababa de hacer más difícil. En aquellos momentos, tenía que realizar la tarea hercúlea de seguir apartándola de su lado para que Daniella no volviera a pronunciar aquella frase en su presencia. No podía borrar la desilusión de su rostro. Sabía que ella estaba sufriendo, pero sabía que Daniella sufriría aún más si él cometía el error de repetírsela.

No consentiría que Dax estuviera en lo cierto. Seguía teniendo empuje. Eso no cambiaría nunca.

Capítulo Once

La píldora era tan pequeña... ¿Cómo podía algo tan minúsculo evitar algo tan grandioso como un embarazo?

Dannie se la metió en la boca y tragó. Aquella píldora era algo simbólico. No solo servía para evitar un embarazo sino también para renunciar a la pasión y al amor. Para siempre.

Tenía el corazón demasiado magullado como para imaginarse la posibilidad de tener un hijo con Leo, al menos por el momento. Tal vez en el futuro conseguiría sacarse de la cabeza aquellas imágenes de Leo sonriendo tiernamente a su hijo. Leo no tenía ni un gramo de ternura en todo su cuerpo. Ningún niño se merecía un padre que se negara a participar en su vida.

Tachó la posibilidad de ser madre de la lista. Otro sacrificio más.

El tono de su teléfono móvil la sacó de su ensoñación.

—¿Sí?

—Hola, soy Elise. Siento molestarte, pero estoy en un apuro y necesito tu ayuda.

—Por supuesto. Tú dirás.

—Muchas gracias. Tengo un solicitante para el

programa y estoy hasta arriba de trabajo. Sin embargo, no puedo rechazarla. ¿Te importaría ocuparte de las fases preliminares con ella?

–¿Quieres que le enseñe a maquillarse y a peinarse?

Elise soltó una carcajada.

–No te sorprendas tanto. Estás muy bien preparada.

Eso era porque Elise no sabía lo catastrófica que era su relación con Leo.

–Mientras sea solo al principio… No podría hacer lo que viene después. Estaré ahí dentro de treinta minutos.

Colgó el teléfono y se preparó. Había dejado de levantarse al alba para prepararle a Leo el café. ¿De qué servía? Seguramente, él ni siquiera se había dado cuenta.

Elise le abrió la puerta y la abrazó cariñosamente.

–Ven a conocer a Juliet.

Dannie siguió a Elise al salón en el que ella se casó con Leo. Parecía que había pasado una eternidad desde entonces. Jamás se habría imaginado cuando le puso la alianza a Leo que se enamoraría de él y que cuando se lo dijera, él la rechazaría. Si lo hubiera sabido, ¿se habría casado con él de todos modos? Sí. Sin duda. Su madre era demasiado importante en su vida.

Allí, vio a una mujer sentada en el sofá. Se puso inmediatamente de pie para saludarla.

–Juliet Villere –dijo extendiendo la mano.

Incluso sin el acento, resultaba evidente que

era europea. A pesar de su sonrisa, tenía un cierto aire de tristeza.

–Gracias por ayudarme. No tenía a nadie más a quien recurrir. Me encantaría encontrar un esposo en los Estados Unidos.

–¿Ha dado ya tu ordenador el nombre de algunos posibles candidatos? –le preguntó Dannie a Elise.

–No. Aún no he introducido sus datos. Primero el cambio y luego hago los emparejamientos. Al ordenador no le importa el aspecto que uno tenga. Además, he descubierto que el cambio hace que la mujer se sienta más segura para contestar las preguntas del perfil con el corazón en vez de con la cabeza. Entonces, el algoritmo encaja basándose en la personalidad.

–Un momento –dijo Dannie–. ¿Las características externas no forman parte del proceso de selección de perfil?

–Por supuesto que no. El amor no se basa en el aspecto físico.

–Pero… Tú me emparejaste con Leo porque él estaba buscando ciertas cualidades en una esposa. Organizada. Sofisticada. Capaz de ejercer de anfitriona en las fiestas y de mezclarse con la gente de las altas esferas.

–Sí. Eso cubre cuatro de los puntos del perfil. El resto se relaciona con los puntos de vista que cada uno tenga sobre las relaciones, el amor, la familia, el sexo… Leo y tú encajasteis en los cuarenta y siete puntos.

–Eso es imposible –replicó Dannie.

–Dime una cosa que no sea cierta y le devolveré el dinero a Leo inmediatamente.

–El amor. Yo creo en él. Leo no –afirmó.

–Eso no es cierto –repuso Elise frunciendo el ceño–. A menos que mintiera en su perfil. Supongo que es posible, aunque bastante improbable.

–No puede ser tan infalible.

¿Por qué estaba discutiendo sobre aquello? El ordenador la había emparejado con Leo porque los dos habían accedido a que un matrimonio basado en la consecución de sus mutuos objetivos tenía sentido. Ninguno de los dos había expresado interés alguno en el amor. Elise estaba en lo cierto. Dannie había respondido a las preguntas del cuestionario desde el corazón. Amaba a su madre y casarse con Leo la había salvado. Fin de la historia.

Dannie se llevó a Juliet a la planta superior.

–Ahora, siéntate en esa silla para que podamos empezar. ¿De dónde eres? –le preguntó Dannie mientras enchufaba el secador.

–Del sur de Francia. Delamer –respondió.

–Es un lugar maravilloso. Y tenéis esos dos guapísimos príncipes. He oído que el príncipe Alain se va a casar muy pronto. Espero que lo echen por la tele –suspiró. Suponía que a Juliet le encantarían también los romances de la alta sociedad.

Sin embargo, Juliet se echó a llorar. Dannie la tomó entre sus brazos para consolarla.

–Cielo, ¿qué es lo que te pasa?

Juliet lloriqueó contra el hombro de Dannie.

–Quiero olvidar que ese hombre existe. En Delamer, es imposible. Si me caso con un hombre de los Estados Unidos, no tendré que regresar y verlo con su perfecta princesa.

Dannie comprendió por fin a qué se refería. Se sentó junto a ella.

–¿El príncipe Alain te rompió el corazón?

–Sí. Hubo un escándalo, pero ya es historia. Ahora ya no puedo cambiarlo. Tengo que seguir con mi vida. ¿Qué es lo que deberíamos hacer en primer lugar para transformarme en una mujer capaz de atraer a un estadounidense?

Dannie se pasó dos horas enseñándole a Juliet.

Antes de que se marchara a su casa, Elise la apartó para hablar con ella en solitario.

–Has hecho un trabajo fantástico con Juliet. Si estás buscando un trabajo permanente, te contrataría sin dudarlo.

–¿Hablas en serio? –contestó Dannie.

–Totalmente.

Elise le dijo el sueldo que le pagaría y que estuvo a punto de hacer que a Dannie se le salieran los ojos de las órbitas.

–Déjame que lo piense.

Su trabajo era ser la esposa de Leo Reynolds. Sin embargo, de repente, no tenía por qué ser así. Podía ganar dinero trabajando para Elise.

***

Leo agarró el lápiz que tenía en la mano. Tenía la papelera a rebosar de papeles. No conseguía concentrarse en su trabajo. Parecía que nada ocurría como debería. Normalmente, el papel y el lápiz era lo único que necesitaba para desbloquearse, pero en aquella ocasión no le estaba funcionando.

Tommy Garrett iba a ponerse furioso por haber firmado con Leo en vez de con Moreno Partners porque, hasta el momento, no tenía nada que mostrarle.

Comenzó a trazar líneas sobre el papel. En cuestión de segundos, se formó la figura de una mujer. Poco a poco, los trazos fueron creando una imagen concreta. Los rasgos de Daniella comenzaron a inundar el papel. Gloriosa. Etérea. Tan hermosa que el pecho le dolía. Todo el cuerpo se le cubrió de sudor y sintió que la mano se le agarrotaba, pero no podía dejar de dibujar.

Como si el dibujo hubiera conjurado a la mujer, Leo levantó la mirada y vio a su esposa en la puerta de su despacho. Daniella en carne y hueso. Dios. Tenía un aspecto luminoso, con un vestido azul y unos zapatos del mismo color que enfatizaban el delicado arco del pie.

Rápidamente, Leo tapó el dibujo que había realizado y miró el reloj.

–¿Qué estás haciendo aquí? –le preguntó.

–He venido a verte. ¿Tienes unos minutos?

Dannie entró en el despacho sin esperar que él dijera que sí. No la había visto desde el domingo.

–Elise me ha ofrecido hoy un trabajo. Me ha pedido que le ayude a pulir a las mujeres que acepta en su programa. Cabello, maquillaje…

–Se te daría muy bien. ¿Has venido a consultármelo? No me importa en absoluto si tú...

–No. He venido a preguntarte si existe la más mínima posibilidad de que me ames algún día.

Leo sintió que se le hacía un nudo en la garganta.

–Daniella, ya hemos hablado de esto…

–No. Yo te dije que te amaba y a ti te entró miedo.

–Bueno, no me quiero repetir. Tenemos un matrimonio concertado con un diseño muy útil. Sigamos así.

–Lo siento, pero yo sí me quiero repetir. Las circunstancias me han obligado a renunciar a lo que realmente quiero en un matrimonio y esas mismas circunstancias me han obligado a volver a evaluar mi situación. Te amo y quiero que me ames. Necesito saber si podemos tener un matrimonio basado en eso.

–Lo haces parecer muy sencillo, pero no lo es –dijo él con voz ronca.

–En ese caso, explícame qué es lo que tiene de complicado.

–Quieres que te elija a ti por encima de mi empresa y eso es imposible.

–Yo no te he pedido que hagas eso, Leo. Yo jamás querría quitarte algo que es importante para ti. ¿Por qué no se pueden tener las dos cosas?

–Yo no soy así. No hago nada a medias, algo

que supongo que comprobaste el fin de semana pasado. Estoy seguro de que te acuerdas el gran empeño que puse en darte placer. Fui a ver a Elise para encontrar una esposa que se contentara con que yo la mantuviera económicamente y que no prestara atención al número de horas que tengo que emplear en mi empresa.

–Eso que acabas de decir me indica que no es que no tengas sentimientos hacia mí, sino que tienes miedo de admitir que algo inesperado ocurrió entre nosotros.

–¿Qué es lo que quieres que te diga, Daniella? ¿Que tienes razón? De todas las cosas que esperaba que ocurrieran en nuestro matrimonio, esta conversación estaba tan abajo en la lista que era casi invisible.

–Quiero que me digas lo que hay en tu corazón. ¿O es que tienes miedo?

–Yo no hablo de mi corazón.

Dannie asintió y se puso de pie.

–La seguridad es muy importante para mí y me casé contigo para conseguirla. Era el único modo con el que podía garantizar que mi madre estuviera bien cuidada. Elise ha cambiado eso hoy. Ahora podré mantener a mi madre con el sueldo que ella me pagará.

Leo sintió que una gélida sensación se apoderaba de él.

–¿Me estás pidiendo el divorcio?

–Te estoy diciendo que tengo una opción y que voy a aferrarme a ella. Hice unos votos contigo que pienso honrar. Ahora, te voy a dar la oportunidad de elegir sobre qué aspecto tendrá ese matrimonio. O sales del rincón, me amas y vivimos felices para siempre o permanecemos casados, conmigo ocupándome de tu vida personal, pero en dormitorios separados. Corazones separados, camas separadas. ¿Qué vas a elegir?

El pánico se apoderó de él. Lo que ella quería era peor que el divorcio. Lo único que el dinero no podía comprar. Él. Su tiempo. Su atención. Su amor.

–Eso es ridículo. Te dije lo que necesitaba, que era que te contentaras con lo que yo te podía dar. Como te he dicho desde el principio. Tú me lo estás echando en cara y poniendo límites. Tú o Reynolds Capital Management.

Una lágrima se deslizó por la mejilla de Dannie.

–¿Es que no lo ves, Leo? Tú eres el que puso los límites. No yo.

–Mi error. El límite que tú pusiste fue cuando me dijiste que no me puedo acostar contigo nunca más a menos que esté enamorado de ti.

–Sí. Es mi culpa –admitió ella–. Mi madre… Es una mujer maravillosa, pero tiene una imagen muy tergiversada del matrimonio. Me hizo creer que podría ser feliz con un matrimonio sin amor. Probablemente lo habría sido si tú hubieras sido un hombre diferente. Alguien a quien no pudiera amar. Sé el esposo que necesito, Leo…

–Me mantengo al margen por una razón. Así consigo equilibrar mi personalidad obsesiva –añadió. El corazón le latía a toda velocidad. Aquello era lo correcto, para él y para Reynolds Capital. ¿Por qué no se lo parecía?–. Necesito que seas la esposa que pensaba que me enviaba EA International.

Aquello era imposible. Daniella jamás podría ser la esposa que él había imaginado. La expresión de su rostro se tensó, igual que la espalda.

–En ese caso, eso será lo que tendrás –replicó ella–. Te organizaré tus citas y seré la anfitriona de tus fiestas. Te dejaré en buen lugar delante de tus socios. Sin embargo, no estaré en tu cama por las noches. Y no volveré a mencionar las muchas horas que trabajas.

Aquello era lo que Leo había pedido. Y lo opuesto a lo que deseaba.

–Me gustaría… –añadió ella cruzándose de brazos–. El amor crea seguridad. Me gustaría que te dieras cuenta. Sin embargo, si eliges que yo no sea más que una secretaria personal para ti, espero que eso te haga feliz. Solo espero que tengas en cuenta que tanto tu empresa como tu esposa llevan tu apellido. Tú siempre formarás parte de ambas.

Con eso, Dannie salió del despacho. El golpeteo de los tacones sobre el suelo marcó perfectamente el sonido del alma de Leo, partiéndose en dos.

Capítulo Doce

—¿Te apetece un dorito? —le dijo Tommy ofreciéndole la bolsa.

Leo negó con la cabeza. Apartó la taza de su lado, deseando que estuviera llena con el delicioso café de su esposa y se frotó las mejillas. Una vez más, se había olvidado de afeitarse.

—Bueno, amigo —le dijo Tommy mientras señalaba a la pantalla de televisión en la que se reflejaba el ordenador personal de Leo—. He rehecho este esquema en dos ocasiones. El prototipo ha pasado toda las pruebas. ¿Qué más voy a tener que hacer para que estés satisfecho?

Seguramente, el infierno se helaría antes de que Leo estuviera satisfecho con nada.

Echaba terriblemente de menos a su esposa. Su presencia invisible parecía invadir cada zona de su vida. Además, no parecía poder librarse del aroma a fresas.

—El esquema sigue estando mal. Por eso no hago más que decirte que lo rehagas. Mira, no se puede fabricar esto tal y como está. Tendremos que afeitar otros dos centímetros cúbicos en alguna parte para conseguir el precio ideal. Si no, el resultado será demasiado caro y no conseguiremos distribuirlo.

174

El teléfono de Leo pitó suavemente. Era un mensaje de texto de Daniella. Frunció el ceño al leer cómo ella le recordaba fría y concisamente que tenía un corte de pelo aquella tarde.

–¿Por qué tiene que ser tan complicado? –protestó Tommy–. Es mi diseño. Eso debería bastar. ¿Por qué no decides tú dónde debes recortar lo que creas que es necesario?

–Porque tú eres el diseñador y es tu trabajo hacerlo. Yo te ayudo en las finanzas. Ya hemos hablado antes de esto.

–¡No sé cómo llegar a conseguir lo que me pides! –le espetó Tommy como si fuera un niño pequeño–. Lo he intentado, pero necesito ayuda. Por eso te contraté a ti.

–Yo soy tu apoyo financiero. Solo te estoy comentando esto del esquema porque vamos retrasados y necesito un buen diseño hoy mismo –comentó él sacudiendo la cabeza–. ¿Por qué crees que yo podría hacer lo que fuera para ayudar?

–Por Dannie –repuso Tommy–. Ella cree en ti. Me convenció de que eras capaz de andar sobre el agua todos los días y que en tu tiempo libre inviertes en el potencial de la gente. Por lo que a ella respecta, eres una especie de Mesías.

–Eso es una exageración sobre lo que yo hago…

¿De verdad pensaba eso Daniella de él? ¿O acaso le había dicho todo aquello a Tommy para conseguir que él firmara con Leo y realizar perfectamente su papel de amante esposa? Seguramente serían las dos cosas. Y él no se merecía ninguna de ellas.

–¿Sí? –replicó Tommy–. Si me dices que no sabes exactamente lo que tengo que arreglar en ese esquema, te diré que eres un sucio mentiroso. Llevas una hora dándome indicaciones y yo sigo sin verlo.

Leo suspiró. Tomó un trozo de papel y comenzó a dibujar. Tommy se puso de pie para asomarse por encima del hombro de Leo. Poco a poco, el conversor de combustible fue tomando forma en el papel. Leo le iba explicando a Tommy cómo había variado el diseño original, por qué eran necesarias aquellas modificaciones y cuál sería el efecto que estas producirían.

–Tío… Tienes razón –dijo Tommy por fin.

Una de las objeciones de Tommy era muy sensata, por lo que Leo borró esa parte e incorporó la sugerencia de Tommy. Varias horas después, consiguieron por fin un diseño con el que los dos estuvieron contentos.

Leo no recordaba haberse divertido tanto desde el fin de semana que pasó con Daniella. Escaneó el dibujo para introducirlo en su ordenador y proyectarlo por fin en la televisión. Tommy lanzó un silbido.

–Una obra de arte –dijo–. Yo tengo que utilizar todas las herramientas conocidas para los diseñadores para crear algo tan hermoso. No me puedo creer que tú lo hayas hecho a mano alzada. Y a lápiz.

–Supongo que se podría decir que es talento.

–Sabía que lo tenías. Si me hubiera ido con Moreno Partners, estaría verdaderamente jodido ahora. Dale un beso a tu esposa de mi parte. Ella sabe muy bien lo que se hace.

Ojalá.

–Creo que es ella la que es capaz de andar sobre el agua.

–Dannie es maravillosa –admitió Tommy–. Y tú también lo eres. Creo que he aprendido hoy más de ti que en cuatro años en Yale.

Estuvieron charlando mucho tiempo.

Al llegar, se detuvo un instante frente a la puerta cerrada del dormitorio de Daniella y colocó la palma de la mano sobre la puerta. Algunas veces imaginaba que podía sentir su respiración a través de la puerta. El aroma a fresas flotaba en el pasillo, envolviéndolo completamente.

Decidió que en vez de permanecer allí como un acosador, llamaría a la puerta para entregarle el regalo que le llevaba como ofrenda de paz. Rezó para que aquel pequeño gesto pudiera cambiar las cosas.

Daniella abrió la puerta. Ya llevaba puesto aquel pijama con el que la había visto la primera vez. La imagen lo dejó sin palabras.

–Hola… –consiguió decir–. Te he traído un regalo.

Ella abrió el paquete. Se trataba de una cesta de granadas. Miró el regalo en silencio.

–¿Qué significa esto?

–Que me vuelve loco esto de dormir en habitaciones separadas. Como lo de comer granadas.

–Vaya… ¿Y por qué me las das?

–Porque quería regalarte algo que tuviera un significado especial sobre como me siento.

–Entonces, no es nada más que un regalo diseñado para comprar algo que quieres sin darme nada emocional.

Daniella lo miró durante lo que pareció una eternidad. Aquello no iba en absoluto tal y como él había imaginado. Se suponía que ella debía ceder de alguna manera. Arrojarse a sus brazos y decirle que aquella separación la estaba destrozando a ella también. No fue así.

–Lo siento… No quería que pareciera eso.

–¿Y qué era lo que querías que pareciera? ¿Lo sabes acaso?

–¡No lo sé! –protestó Leo–. ¿Qué es lo que quieres que te diga?

–Eso debes averiguarlo tú. Cuando lo tengas, aquí estaré. Gracias por las granadas.

El divorcio sería una salida mucho más fácil. Podría cuidar a su madre, vivir con Elise y tratar de olvidarse del hombre con el que se había casado. Sin embargo, había pronunciado sus votos matrimoniales… Sin embargo, no podía soportar la idea de quedarse. ¿Qué era peor?

Tan solo sabía que no podía seguir viviendo así.

A la mañana siguiente, se marchó a casa de Elise para seguir trabajando con Juliet. En realidad, Dannie no veía la razón de cambiar el aspecto de Juliet porque ella era ya muy hermosa. Además, ni una manicura ni un peinado nuevo podrían darle a Juliet lo que más deseaba.

–¿Y si tu pareja es alguien a quien no puedes amar? ¿Te casarías con él de todos modos? –le preguntó Dannie mientras le mostraba cómo colocarse los rulos.

–Me casaría con un jabalí verrugoso con tal de quedarme aquí. Uno aprende a coexistir.

–¿Pero merece la pena convertirse en otra persona para alcanzar ese fin?

–Sigo siendo yo. Con uñas postizas y rulos.

Dannie se miró al espejo y vio que, efectivamente, la sofisticada y elegante señora Reynolds era la misma persona que Dannie White. Elise había hecho primero el cambio, pero el ordenador la había emparejado con Leo porque era perfecta para él, no porque Elise la había transformado en alguien que le gustara a Leo. Los dos se habían casado buscando seguridad, la seguridad de un vínculo eterno que no se pudiera romper nunca.

¿Había sido demasiado dura con Leo con el regalo de las granadas? Tal vez no debería ser tan exigente. Tal vez debería encontrar el modo de evitar los extremos. Al principio, el hecho de tener compañía y seguridad le habían bastado. Había forzado la intimidad para satisfacer unas necesidades que Leo no le había pedido y no había prestado atención a la que sí había mencionado. Quería una esposa que estuviera a su lado.

Había comprendido que la vida no era un cuento de hadas, pero ella seguía queriendo su final feliz. Decidió que había llegado el momento de convertirse en la esposa que Leo le había dicho que necesitaba, no en la que ella creía que necesitaba.

Cuando llegó a casa, el coche de Leo ya estaba en el garaje. Miró el reloj. Eran las tres de la tarde. Algo grave tenía que haber pasado.

Entró corriendo con un nudo en la garganta.

–¡Leo! –gritó en el vestíbulo. Nadie contestó.

El despacho estaba vacío. El estómago le dio un vuelco. El miedo se apoderó de verdad de ella. No lo encontró ni en la piscina, ni en la cocina ni en la sala de televisión. Cuando por fin se dirigió al dormitorio de él, abrió la puerta y encontró que había echado las cortinas. La habitación estaba a casi a oscuras. La única luz provenía de la lámpara de la cómoda. Leo estaba sentado en la moqueta, inclinado sobre un trozo de papel que tenía apoyado en un cartón. Tenía un lápiz entre los dedos.

–Leo, ¿te encuentras bien?

Él levantó la mirada un instante.

–No sé cuándo parar. Traté de decírtelo.

–¿De qué hablas? ¿De qué no puedes parar?

–De dibujar –respondió. Con un gesto indicó todos los papeles blancos.

–¿Cuánto tiempo llevas aquí?

–Desde lo de las granadas.

¿Leo llevaba metido en su habitación desde la noche anterior?

–Esta mañana tu coche no estaba.

–Necesitaba un sacapuntas. Mira los dibujos, Daniella, y dime si basta ya.

–¿Quieres que vea tus dibujos?

Como respuesta, Leo reunió unos cuantos y se puso de pie para entregárselos a Daniella. No se había afeitado desde hacía varios días ni tampoco había acudido a su cita en la peluquería. Tenía la camisa desabrochada y el cabello revuelto. Aquella versión de Leo tenía una fuerza arrolladora.

Daniella miró el primero de los dibujos y sintió que no podía respirar.

–Eres tú –susurró ella–. Son todos dibujos de ti.

Los detalles eran maravillosos. Eran dibujos de un maestro, que se conocía perfectamente y que no se avergonzaba de decirle al mundo lo que era. Y en todos estaba completamente desnudo.

–Me he desnudado física, emocionalmente. Para ti –dijo. Tenía los ojos cerrados–. No puedo explicar lo que me ha costado poner todo esto en papel, pero ahí está. Dime que es suficiente.

–Leo… –susurró–. Claro que es suficiente.

Se aferró con ternura a aquellas páginas. Era la expresión más profunda de su amor. Contaban perfectamente la historia que ella llevaba tiempo deseando escuchar. Revelaban todo lo que importaba sobre el hombre que amaba.

Leo abrió los ojos por fin y la abrazó. A Daniella le estaba costando decir algo coherente, pero entonces él la besó y ella dejó de pensar.

De repente, Leo rompió el beso y murmuró unas palabras suavemente contra el cabello de Dannie.

–Quiero ser el esposo que necesitas.

–Cariño, ya lo eres…

–No. No lo he sido. No te merezco, pero te deseo tanto…

–Y ya me tienes. Para siempre. Estamos casados, ¿recuerdas?

–Así no. Ya no habrá acuerdos, ni habitaciones separadas. Ni corazones separados. Necesito una esposa que vea más allá de mis carencias y que me ame a pesar de ellas. No es demasiado tarde, ¿verdad?

–No, Leo… Pero hoy no has ido a trabajar. No estás arriesgando el éxito de tu empresa por mí, ¿verdad? Yo no te lo permitiría.

Leo se sentó sobre la alfombra y tiró de ella. La acomodó sobre su regazo y la abrazó apasionadamente.

–No es necesario. Por fin he comprendido que Reynolds Capital Management es una parte de mí a la que no puedo renunciar. Ni a ti tampoco.

–¿Quieres las dos cosas? ¿A mí y a tu empresa?

–Sí. Lo quiero todo. No sé cómo voy a encontrar el equilibrio para hacerlo, pero quiero intentarlo.

–Podrás hacerlo. Lo haremos juntos. Si tienes que trabajar un sábado, hazlo, pero no esperes dormir demasiado esa noche. No me niegues nunca un trozo de tu ser. Lo quiero todo. Lo necesito todo. Mientras vivamos.

–Eso suena prometedor… –bromeó él–. Entonces, si tengo que trabajar un sábado, ¿me harás el café de todos modos?

–Todos los días. Los dos cederemos un poco y llegará el equilibrio.

Leo asintió y se aclaró la garganta.

–Creo que debe de ser como cuando se tienen hijos. Amas al primero con todo tu corazón. Luego viene otro y consigues hacerle hueco.

Niños… Leo estaba hablando de tener niños. Los ojos de Daniella se llenaron de lágrimas. Leo se había transformado ante sus ojos. Era ciertamente el amor de su vida.

–Sí, creo que debe de ser algo así. Siempre se puede hacer más hueco en el corazón.

–El mío está bastante lleno. De ti.

Volvió a besarla como un hombre hambriento. En aquella ocasión, Daniella no tuvo problema alguno para descifrar lo que él estaba diciendo.

Te amo.

Entonces, Leo dijo:

–Me duele la mano.

Daniella se echó a reír y se la besó.

–Espera aquí. Tengo unas pastillas que echar a la basura y una lencería para la noche de bodas que debo ponerme para ti. Te garantizo que se te olvidará enseguida el dolor de la mano.

Técnicamente, no era su noche de bodas, pero, para Daniella, todas las noches lo eran cuando se estaba casada con un hombre que la amaba tanto como Leo.

Epílogo

Leo deseó poder casarse con Daniella, pero ya estaban casados y ella se negaba a divorciarse para que él pudiera divertirse pidiéndole matrimonio.

—Vamos, no me puedes engañar —le decía Leo. Estaban agarrados a la barandilla del mirador del tercer nivel de la Torre Eiffel—. Echas de menos la proposición y la boda de tus sueños. ¿No te gustaría volver a repetir?

Daniella le dio un beso en la mejilla.

—Ya tengo la luna de miel de mis sueños. Y el marido. Todo lo demás palidece en comparación.

Leo se sacó un estuche del bolsillo y lo abrió. En su interior había un anillo con un diamante rojo espectacular.

—Daniella Reynolds, te amo. ¿Me prometes ser mi esposa durante el resto de nuestros días, ponerte siempre ese conjunto de lencería tan sexy y dejarme que te haga tan feliz como tú me haces a mí?

Daniella se quedó boquiabierta.

—Leo… yo también te amo… Claro que te lo prometo, con o sin anillo.

—Este anillo simboliza una clase de matrimonio diferente, pero basado en el amor. El amor que quiero contigo. Cada vez que te lo vea, pensaré en que el amor es la mejor seguridad y en lo fácilmente que yo podría haberlo perdido.

Sacó el anillo de la cajita y se lo puso a su esposa junto a la alianza de boda. Entonces, sonrió.

–Además, la piedra tiene el mismo color que las granadas.

–Gracias –susurró ella muy emocionada. Una lágrima se le deslizó por la mejilla–. Con París era ya más que suficiente, pero esto… Es maravilloso. ¿Cuándo encontraste tiempo para comprarlo? Has estado trabajando tantas horas seguidas en el productor de Tommy para poder hacer hueco a este viaje…

–Tommy vino conmigo. Jamás me imaginé que cuando me dijo que quería aprenderlo todo se referiría también a cómo elegir un diamante para una mujer.

–Contigo como mentor, estoy segura de que hará muy feliz a su futuro amor –afirmó ella entre risas.

Lo que habían conseguido haciéndose socios era inimaginable. Juntos se divertían mucho. Sin Daniella, él nunca habría dado aquel paso. Ella había invertido en su potencial y le había proporcionado el cambio que necesitaba. Por eso, Leo se pasaría con gusto amándola durante el resto de su vida.

–¿Cómo van las cosas ahí dentro? –preguntó cubriéndole el abdomen a Daniella con la mano. Pensar que su hijo crecería allí le llenaba de asombro y ternura.

–Aún no estoy embarazada, aunque no será por no intentarlo –replicó ella con una pícara sonrisa Todo lo referente a Daniella caldeaba el corazón de Leo, tocándolo en lugares que ni siquiera sabía que existían–. Solo es cuestión de tiempo.

–Debemos esforzarnos un poco más. Insisto.

Un bebé era una de las muchas posibilidades que lo llenaban de alegría y anticipación. Le debía aquella nueva perspectiva al matrimonio y a la vida en general.

Besó a su esposa y sintió que estaban en el principio de algo que tardaría mucho tiempo en terminar… La eternidad.

No te pierdas *Emparejada con un príncipe*,
de Kat Cantrel,
el próximo libro de la serie
Felices para siempre, S.A.
Aquí tienes un adelanto...

Cuando el sol estaba a punto de ocultarse sobre el cielo de Occidente, Finn dirigió el helicóptero a la costa. Su turno había terminado y, como siempre, no se pudo resistir a bajar lo suficiente hasta el mar y provocar que el poderoso chorro de aire rizara la azulada superficie del Mediterráneo.

Una garza se alejó de la turbulencia tan rápido como se lo permitieron sus alas, deslizándose por las corrientes de aire con poética belleza. Finn jamás se cansaría de la vista que se dominaba desde la cabina. Jamás se cansaría de proteger la costa del pequeño país que era su hogar.

Cuando aterrizó sobre la equis que marcaba el lugar exacto para el helicóptero, apagó el rotor y salió de la cabina antes de que las aspas del Dauphin se detuvieran por completo. El rostro solemne del chófer de su padre lo observaba desde la distancia. Finn no necesitó saber más para comprender que su padre requería su presencia.

–¿Has venido a criticar mi modo de aterrizar, James? –le preguntó Finn con una sonrisa. Sabía que no. Nadie volaba un helicóptero con más precisión y control que él.

–Príncipe Alain –dijo James inclinando la cabeza con deferencia antes de transmitir su mensaje–

Su padre desea hablar con usted. He venido para llevarle.

Finn asintió.

—¿Tengo tiempo de cambiarme?

No sería la primera vez que Finn se presentaba ante el rey con su uniforme de guardacostas de Delamer, pero lo llevaba puesto desde hacía diez horas y tenía las piernas mojadas por un encontronazo con el Mediterráneo mientras rescataban a un nadador que había calculado mal la distancia a la costa.

Todos los días, Finn protegía a la gente mientras sobrevolaba un magnífico panorama de reluciente mar, montañas en la lejanía y pedregosos islotes a poca distancia de la costa. Adoraba su trabajo, por lo que pasarse unas pocas horas embutido en ropa mojada no le suponía un precio demasiado alto. Sin embargo, no era así cuando debía pagar ese precio escuchando un sermón real.

James le indicó el coche.

—Creo que sería mejor que fuéramos inmediatamente.

El hecho de que su padre quisiera verlo no le resultó algo inesperado. Seguramente tenía que ver con una cierta fotografía en la que Finn se tomaba chupitos de Jägermeister del vientre de una bella rubia o con las acusaciones de corrupción a las que se enfrentaban dos de sus compañeros de correrías.

Un *blogger* había bromeado en una ocasión con que el título oficial de Finn debería ser príncipe Alain Phineas de Montagne y de Escándalo.

EVAN

Negocios de placer

CHARLENE SANDS

El millonario empresario hotelero Evan Tyler no se detendría ante nada hasta conseguir vengarse. Por eso, cuando surgió la oportunidad de seducir a Elena Royal, hija de su principal rival, Evan no se lo pensó dos veces. No solo tenía intención de sonsacarle todos los secretos de su familia mediante la seducción, sino que pretendía disfrutar al máximo cada segundo que pasara con ella. Pero cuando la aventura llegó a su fin, Evan se vio obligado a elegir entre la venganza y el placer. ¿Encontraría el modo de conseguir ambas cosas?

¿Qué era más grande, su sed de venganza o el deseo que sentía por ella?

¡YA EN TU PUNTO DE VENTA!

Acepte 2 de nuestras mejores novelas de amor GRATIS

¡Y reciba un regalo sorpresa!

Oferta especial de tiempo limitado

Rellene el cupón y envíelo a
Harlequin Reader Service®
3010 Walden Ave.
P.O. Box 1867
Buffalo, N.Y. 14240-1867

¡Sí! Por favor, envíenme 2 novelas de amor de Harlequin (1 Bianca® y 1 Deseo®) gratis, más el regalo sorpresa. Luego remítanme 4 novelas nuevas todos los meses, las cuales recibiré mucho antes de que aparezcan en librerías, y factúrenme al bajo precio de $3,24 cada una, más $0,25 por envío e impuesto de ventas, si corresponde*. Este es el precio total, y es un ahorro de casi el 20% sobre el precio de portada. !Una oferta excelente! Entiendo que el hecho de aceptar estos libros y el regalo no me obliga en forma alguna a la compra de libros adicionales. Y también que puedo devolver cualquier envío y cancelar en cualquier momento. Aún si decido no comprar ningún otro libro de Harlequin, los 2 libros gratis y el regalo sorpresa son míos para siempre.

416 LBN DU7N

Nombre y apellido	(Por favor, letra de molde)

Dirección	Apartamento No.

Ciudad	Estado	Zona postal

Esta oferta se limita a un pedido por hogar y no está disponible para los subscriptores actuales de Deseo® y Bianca®.
*Los términos y precios quedan sujetos a cambios sin aviso previo.
Impuestos de ventas aplican en N.Y.

SPN-03   ©2003 Harlequin Enterprises Limited

Bianca

¿Solo un peón en la partida de Salazar?

Donato Salazar no podía olvidar su trágico pasado y no tenía intención de perdonar al responsable. Dejar plantada a la hija de su enemigo sería la guinda del pastel de su venganza, y la bella Elsa Anderson era sin duda lo bastante dulce.

Pero Elsa no era la mujer mundana y vacía que esperaba, y se negaba a casarse con él. Su rebeldía provocó que la deseara todavía más, así que tendría que convencerla... lenta y dulcemente.

A medida que se acercaba la fecha de la boda, una cuestión pesaba con fuerza en la mente de Donato: Amar, honrar... ¿y traicionar?

UN PASADO OSCURO
ANNIE WEST

Tres noches contigo
Merline Lovelace

Texas era el lugar perfecto para pasar unas vacaciones cálidas. Justo lo que la doctora Anastazia St. Sebastian necesitaba antes de tomar la decisión más importante de su carrera. Entonces hizo su aparición el atractivo multimillonario naviero Mike Brennan, quien insistió en invitarla a cenar cuando ella salvó a su sobrino. Pero una noche llevó a otra. Y tres noches de diversión en el dormitorio de Mike no fueron suficientes. Zia quería enamorarse, pero ¿cómo hacerlo cuando lo que Mike deseaba era lo único que ella no podría darle nunca?

¿Era una aventura o el amor verdadero?

¡YA EN TU PUNTO DE VENTA!